CLÁSICOS DE
CIENCIA FICCIÓN Y FANTASÍA

Don Juan o
el Festín de Piedra

Molière

PRÓLOGO DE RICARDO MUÑOZ FAJARDO:
DONJUANES EN LA LITERATURA

(texto en el lomo:) Don Juan o el Festín de Piedra — Molière — 427

Ciencia Ficción y Fantasía – 158

Don Juan o El festín de piedra
Primera Edición, noviembre de 2025

© Libros Mablaz, Madrid

© De esta edición, Libros Mablaz, Madrid

blogs:
Editorial Libros Mablaz
http://editoriallibrosmablazycienciaficcion.blogspot.co
m.es/
Ciencia ficción y fantasía en Libros Mablaz:
http://mablazlibros.blogspot.com.es/
Librería en Todocolección:
https://www.todocoleccion.net/s/catalogo?identificad
orvendedor=LibrosMablaz

Diseño de cubiertas: Mari Carmen López

ISBN: 979-13-991135-3-2
Depósito Legal: M-23199-2025

LIBROS MABLAZ - 427

Don Juan o El festín de piedra

Molière

PRÓLOGO:

Donjuanes en la literatura

La figura de don Juan, el personaje asimilado desde hace mucho tiempo a la representación del galán conquistador de mujeres, fue un invento español, aunque su mito se ha desarrollado con innumerables versiones durante siglos, en nuestro país y en el extranjero. Baste decir que solo en la wikipedia, que no incluye todas las obras donjuanescas porque las hay más o menos recónditas, nombre a unas cien.

Los nombres que recrean a este personaje son de mucho valor, que son tales como Tirso de Molina, Pedro Calderón de la Barca Molière, E.T.A. Hoffmann, Aleksandr Pushkin, Lord Byron, José de Espronceda, Prosper Mérimée, José Zorrilla, con el don Juan tal vez más famoso), José de Espronceda, Alejandro Dumas padre, Ruperto Chapí, Charles Baudelaire, Guillaume Apollinaire, George Bernard Shaw, los Hermanos Álvarez Quintero, Manuel Fernández y González Ramón Pérez de Ayala, Ramón del Valle-Inclán, Azorín, los hermanos Machado, Miguel de Unamuno, Enrique Jardiel Poncela, Jacinto Benavente, Ingmar Bergman, Gonzalo Torrente Ballester, José Saramago, y varios otros, entre los que no podemos olvidar al creador del personaje, Andrés de Claramonte, con *Tan largo me lo fiais* (hacia 1635), aunque hay otros estudios que se lo atribuyen a Tirso de Molina, como un ensayo a la obra que luego sería *El burlador de Sevilla y convidado de piedra*, cuya escritura también se puede asignar a Claramonte. Lo cierto es que este autor tiene una obra anterior, de 1617, intitulada *Deste agua no beberé*, que contiene muchos elementos donjuanescos, tanto en el tema, como en el estilo como en el contenido.

Y aunque el personaje de Don Juan Tenorio aparece en la literatura con la citada *Tan largo me lo fiais*, lo cierto es que existen obras anteriores en que aparece el arquetipo de hombre conquistador de mujeres, jactancioso e incluso valiente a su modo, no atenido a ninguna ley de Dios ni del hombre.

Referidas a estos precedentes, podemos citar las obras, siempre teatrales, *El infamador*, de Juan de la Cueva (1581), y de *El Hércules de Ocaña*, de Luis Vélez de Guevara.

La mayor parte de estos folletines se basan en la leyenda del convidado de piedra, dada en toda Europa y sobre todo en España, en la que un donjuán, antes de tener ese nombre, acude a un cementerio y lee una lápida en la que se ensalza hasta el sumun al caballero enterrado allí, lo que produce los celos del ligón, perdonen por la palabra, que por ello invita a cenar esa noche a la estatua que corona el sepulcro. La talla se presenta, no come ni bebe nada y, cuando se va a marchar, convida al donjuán en el infierno, a lo que este accede.

Don Juan o El festín de piedra, el libro de Moliere, toma como base la obra de Tirso de Molina *El burlador de Sevilla y convidado de piedra*. El prototipo del don Juan está muy bien plasmado en la trama: infiel, seductor, libertino, blasfemo, valiente e hipócrita.

Molière traslada la acción a Sicilia, cuando las obras españolas, en su mayoría, sitúa la acción en Sevilla.

La trama, en buena parte, es el andar y parar del personaje que da nombre a la primera parte del título, es una persona a la que lo único que le interesa es seducir a mujeres, fuera cual fuera sea su rango social, que una vez conquistadas y tomadas, son abandonadas por él de inmediato.

Como don Juan no atiende tampoco al estado civil de las damas que corteja, sus devaneos le acarrean enemistades, lo que le lleva a batirse en duelo en varias ocasiones.

La polémica de este don Juan es que trata las relaciones sexuales como algo natural, con cierto impudor y cuestiona los dogmas de la iglesia católica, que es la única consentida en esa época, porque el hecho de que repudie a los homosexuales era un estigma aprobado por todas las personas del momento que no lo fueran.

El rasgo fantástico del libro es la relación entre él y la estatua de piedra, que según quién ficciona sobre el tema le da un final u otro, que por supuesto no vamos a desvelar.

Ricardo Muñoz Fajardo

PERSONAJES:

DON JUAN, hijo de don Luis.

SGANARELLE, criado de don Juan

ELVIRA, esposa de don Juan

GUZMÁN, escudero de Elvira

DON CARLOS, hermano de Elvira

DON ALONSO, hermano de Elvira

DON LUIS, padre de don Juan

FRANCISCO, mendigo

CARLOTA, aldeana

MATURINA, aldeana

PERICO, aldeano

LA ESTATUA DEL COMEDIANTE

LA VIOLETA, criado de don Juan.

RAGOTÍN, criado de don Juan

DON DOMINGO, mercader

LA REMÉE, espadachín

SÉQUITO DE DON JUAN, SÉQUITO DE DON CARLOS y DON ALFONSO, hermanos

UN ESPECTRO.

ACTO PRIMERO

Escena I: SGANARELLE y GUZMÁN

La escena representa un palacio.

SGANARELLE (*Teniendo en la mano una tabaquera*): Digan lo que quieran de Aristóteles y toda la filosofía, nada hay igual al tabaco; es la pasión de las gentes honradas, y quién vive sin tabaco no es digno de vivir. No tan sólo regocija y purifica los cerebros humanos, sino que también acostumbra las almas a la virtud, y con él aprende uno a ser un hombre honrado. ¿No ves realmente, en cuanto se toma, de qué manera amable se comporta uno con todo el mundo my lo encantados que nos sentimos al ofrecerlo a derecha y a izquierda, en todas partes dónde estemos? No espera uno siquiera a que se lo pidan, y nos adelantamos al deseo de las gentes; hasta tal punto es cierto que el tabaco inspira sentimientos de honor y de virtud a todos cuantos lo toman. Mas dejemos este tema y reanudemos nuestro discurso. ¿De suerte, querido Guzmán, que doña Elvira, tu señora, sorprendida por nuestra marcha, ha echado detrás de nosotros, y su corazón, que mi amo ha sabido conmover fuertemente, no ha podido vivir, dices, sin venir a buscarle aquí? ¿Quieres que te diga mi pensamiento, aquí entre nosotros? Temo que se vea mal recompensada por su amor, que su viaje a esta ciudad tenga poco resultado y que hubierais adelantado lo mismo quedándose allí.

GUZMÁN: Te ruego, Sganarelle, que me digas cuál es la razón que puede inspirarle un temor de tal mal augurio. ¿Te ha abierto tu amo su corazón sobre eso y te ha dicho, acaso, que mostró hacia nosotros cierta frialdad que le obligara a partir?

SGANARELLE: Nada de eso; pero conozco a bulto el rumbo de las cosas, y, sin que haya dicho nada aún apuesto casi a que el negocio marcha por esos derroteros. Podré, quizá, equivocarme; mas, en fin: en tales cuestiones, la experiencia ha podido proporcionarme ciertas luces

GUZMÁN: ¡Cómo! ¿Esa partida imprevista sería una infidelidad de Don Juan? ¿Podría él hacer semejante injuria a la casta pasión de doña Elvira?

SGANARELLE: No; que es joven todavía y no tiene valor.

GUZMÁN: ¿Un hombre de su calidad iba a cometer una acción tan cobarde?

SGANARELLE: ¡Sí, sí! ¡Su calidad! ¡Bella razón que iba a impedirle hacer esas cosas!

GUZMÁN: Mas está comprometido por los sagrados lazos del matrimonio.

SGANARELLE: ¡Ah, mi pobre Guzmán! No sabes aún, amigo mío, créeme, qué clase de hombre es don Juan.

GUZMÁN: No sé, en verdad, qué hombre puede ser si ha de hacernos tal perfidia, y no comprendo cómo, después de tanto amor y de tanta impaciencia probada, de tantos homenajes apremiantes, deseos, suspiros y lágrimas; después de tantas cartas apasionadas, de tantas ardientes protestas y de tantos reiterados juramentos, de tantos arrebatos, en fin, como ha mostrado hasta forzar con su pasión el sagrado obstáculo de un convento para hacer que doña Elvira cayese en su poder; no comprendo, repito, cómo después de todo eso tendría el corazón para poder faltar a su palabra.

SGANARELLE: No me cuesta mucho trabajo comprenderle, y si conocieras a nuestro hombre, te parecería la cosa bastante fácil para él. No Diego que hayan cambiado sus sentimientos por doña Elvira; no tengo aún la certeza; ya sabes que por orden suya partí antes que él; y no me ha hablado desde su llegada; mas te prevengo y te informo, inter nos, que tú ves en don Juan, mi amo, al mayor desalmado que ha producido la tierra, a un rabioso, un perro, un diablo, un turno, un hereje, que no cree ni en el Cielo, ni en los Santos, ni en Dios, ni en los duendes; que pasa su vida como una verdadera bestia, como un cerdo de Epicuro, como un auténtico Sardanápalo; que cierra sus oídos a todas las reconvenciones cristianas que puedan hacerle, y que considera unas pamplinas todo lo que nosotros creemos. Me dices que se ha casado con tu ama; créeme, habría hecho más por su pasión si se hubiese casado también contigo, con su perro y su gato No le cuesta nada contraer matrimonio; no utiliza otros lazos para atrapar a las beldades, y es un amante sin escrúpulos: damas, damiselas, burguesa, aldeana; no encuentra nada demasiado blando para él, y si te nombrase yo a todas aquellas con las que se ha casado en diversos lugares, sería un capítulo que duraría hasta la noche. Te quedas sorprendido y cambias de color ante este discurso, pues es sólo un bosquejo del personaje, y para concluir el relato, serían precisas muchas más pinceladas. Basta con ello para que el enojo del Cielo caiga sobre él algún día; más me valdría pertenecer al diablo que a este amo, y me hace presenciar tantos horrores, que yo desearía que estuviese ya no sé dónde. Mas un gran señor malvado es algo terrible; tengo que serle fiel pese a todo mi despecho; el miedo hace de mí el oficio del celo, enfrenta mis sentimientos y me obliga con mucha frecuencia a aplaudir lo que mi alma detesta. Hele aquí; viene a pasearse por este palacio; separémonos. Escucha, al menos: te he hecho esta confianza con franqueza, y se me ha escapado un poco de prisa de la boca; mas si llegara esto a sus oídos, diría yo públicamente que mentías.

Escena II: DON JUAN y SGANARELLE

DON JUAN: ¿Qué hombre era el que te hablaba? Paréceme que tiene toda la traza de un buen Guzmán de doña Elvira.

SGANARELLE: Algo de eso es.

DON JUAN: ¿Cómo? ¿Es él?

SGANARELLE: El mismo.

DON JUAN: ¿Y desde cuándo está en la ciudad?

SGANARELLE: Desde anoche.

DON JUAN: ¿Y qué le trae aquí?

SGANARELLE: Creo que suponéis fácilmente lo que puede inquietarle.

DON JUAN: ¿Nuestra partida, sin duda?

SGANARELLE: Le ha mortificado grandemente al buen hombre, y me preguntaba el motivo.

DON JUAN: ¿Y qué respuesta le has dado?

SGANARELLE: Que no me habíais dicho nada de ello.

DON JUAN: Mas, en fin, ¿qué es lo que piensas? ¿Qué te figuras de este asunto?

SGANARELLE: ¿Yo? Creo, sin perderos, que tenéis algún nuevo amorío.

DON JUAN: ¿Crees eso?

SGANARELLE: Sí.

DON JUAN: A fe mía, no te engañas, y debo confesarte que otra persona ha apartado a Elvira de mi pensamiento.

SGANARELLE: ¡Ah, Dios mío! Conozco a mi don Juan al dedillo y tengo a vuestro corazón por el mayor corretón del mundo; le complace ir de lazo en lazo y no le gusta permanecer quieto.

DON JUAN: Y dime: ¿no te parece que tengo razón en emplearlo así?

SGANARELLE: Yo, señor...

DON JUAN: ¿Qué? Habla.

SGANARELLE: Seguramente tenéis razón, si queréis; no se os puede contradecir. Mas si no lo queréis, sería quizás otro asunto.

DON JUAN: Pues bien: te concedo la libertad de hablar y de decirme tu opinión.

SGANARELLE: En tal caso, señor, os diré francamente que no apruebo en absoluto vuestro método y que encuentro muy mal amar a todos los lados como hacéis..

DON JUAN: ¡Cómo! ¿Quieres que permanezca uno ligado a la primera mujer que nos cautiva; que se renuncie al mundo por ella y que no tenga uno ya ojos para nadie? ¡Linda cosa la de querer jactarse del falso honor de ser fiel, enterrándose para siempre en una pasión y permaneciendo muerto en la juventud a todas las otras beldades que pueden conmover nuestros ojos! No, no; la constancia es sólo buena para los ridículos; todas las beldades tienen derecho a seducirnos, y la ventaja de haber sido la primera no debe quitar a las otras las justas pretensiones que tienen sobre nuestros corazones. Por mi parte, la belleza me extasía allí donde la encuentro, y cedo con facilidad a esa dulce violencia a que nos arrastra. Aunque esté comprometido, el amor que siento por una beldad no obliga a mi alma a cometer una injusticia con las otras, conservo mis ojos para ver el mérito de todas, y rindo a cada una los homenajes y tributos a que nos obliga la Naturaleza. Sea lo que fuere, no puedo negar mi corazón a todo cuanto veo de amable, y no bien un bello rostro me lo pide, si tuviera yo diez mil corazones, todos los entregaría. Las nacientes inclinaciones tienen, después de todo, encantos inexplicables, y todo el placer del amor está en el cambio. Se goza una dulzura suma venciendo con cien homenajes el corazón de una belleza juvenil, viendo día tras día los pequeños progresos que uno hace, combatiendo por medio de arrebatos, lágrimas y suspiros el inocente pudor de un alma a la que le cuesta trabajo rendir las armas, forzando poco a poco todas las débiles resistencias que ella nos opone, venciendo los escrúpulos de que se enorgullece y llevándola suavemente allí donde deseamos hacerla llegar. Mas una vez adueñado de ella, no hay nada que decir ni que desear; acaba toda la hermosura de la pasión, y nos adormecemos en la tranquilidad de semejante amor como no venga algún nuevo objeto a despertar nuestros deseos y a ofrecer a nuestro corazón los encantos atrayentes de una conquista a realizar. En fin: nada hay tan dulce como vencer la resistencia de una beldad, y yo tengo, en ese aspecto, la ambición de los conquistadores que vuelan perpetuamente de victoria en victoria sin poder decidirse a limitar sus deseos. Nada hay que pueda detener la impetuosidad de los míos; siento en mí un corazón capaz de amar a toda la tierra, y como Alejandro, desearía yo que hubiese otros mundos para poder extender a ellos mis conquistas amorosas.

SGANARELLE: ¡Cómo os expresáis, por mi vida! Parece que habéis aprendido de memoria y habláis enteramente como un libro.

DON JUAN: ¿Qué tienes que decir a eso?

SGANARELLE: A fe mía, tengo que decir... No sé qué decir, pues dais la vuelta a las cosas de un modo que parecéis tener razón, y, sin embargo, es indudable que no la tenéis. Guardaba yo los más hermosos pensamientos del mundo, y vuestros discursos lo han embrollado todo. Dejadlo; otra vez pondré mis razones por escrito para discutir con vos.

DON JUAN: Y harás bien.

SGANARELLE: Pero, señor, ¿entrará en el permiso que me habéis concedido el deciros que estoy un tanto escandalizado de la vida que lleváis?

DON JUAN: ¡Cómo! ¿La vida que llevo?

SGANARELLE: Muy buena. Mas, por ejemplo, eso de veros casados todos los meses como hacéis...

DON JUAN: ¿Hay nada más agradable?

SGANARELLE: Es cierto. Me figuro que eso es muy agradable y divertido, y consentiría en decirlo si no existiera mal en ello; pero, señor, burlarse de un sagrado misterio y...

DON JUAN: ¡Bah, bah! Eso es una cuestión entre el Cielo y yo, y ya la arreglaremos juntos sin necesidad de que te preocupes.

SGANARELLE: A fe mía, señor, he oído decir que es una burla malvada la que se hace con el Cielo, y que los libertinos no tienen nunca un buen fin.

DON JUAN: ¡Hola, maese necio! Ya sabéis que os he dicho que no me agradan las amonestaciones.

SGANARELLE: Por eso no me refiero a vos; Dios me libre. Vos sabéis lo que hacéis, y si no creéis nada, vuestras razones tendréis; pero hay ciertos pequeños impertinentes por el mundo que son libertinos, sin saber por qué, que presumen de espíritus fuertes, porque creen que esto les sienta bien, y si yo tuviera un amo así, diría claramente, mirándole de frente: «¿Osáis burlaros así del Cielo, y no tembláis al mofaros como lo hacéis de las cosas más santas? ¿Y es misión vuestra, gusanillo de la tierra, pigmeo (*estoy hablando al amo que ya he dicho*); es misión vuestra querer tomar a burla lo que todos los hombres reverencian? ¿Creéis que por ser de alcurnia, por tener una peluca rubia y bien rizada, unas plumas en vuestro chapeo, una casaca bien dorada y unas cintas color de fuego (*no es a vos a quién hablo, sino al otro*); creéis, repito, que sois por eso un hombre más hábil, que todo os está permitido, y que nadie debe atreverse a deciros verdades? Sabed por mí, que soy vuestro criado, que el Cielo castigará tarde o temprano a los impíos; que una mala vida trae una mala muerte y que...»

DON JUAN: Basta...

SGANARELLE: ¿De qué se trata?

DON JUAN: Se trata de decirte que una beldad me enamora, y que arrebatado por sus hechizos la he seguido hasta esta ciudad.

SGANARELLE: ¿Y no teméis nada, señor, por la muerte de aquel comendador a quién matasteis hace seis meses?

DON JUAN: ¿Por qué temer? ¿No le maté

del todo?

SGANARELLE: Perfectamente, del mejor modo del mundo, y haría mal en quejarse.

DON JUAN: Y obtuve mi absolución en ese asunto.

SGANARELLE: Sí; mas esa absolución no ha extinguido quizá el resentimiento de sus parientes y amigos y...

DON JUAN: ¡Ah! No pensemos en el mal que pueda sucedernos; pensemos solamente en lo que puede proporcionarnos placer. La persona de que te hablo es una joven prometida, la más encantadora del mundo, que ha sido traída aquí por el mismo con quien viene a casarse, y el azar me permitió ver a esa pareja de amantes tres o cuatro días antes de su viaje. No he visto nunca dos personas tan contentas la una de la otra, y haciéndolas ostensible su amor. La ternura visible de sus mutuos ardores me conmovió; afectó mi corazón, y mi amor comenzó por los celos. Sí; no pude soportar, al principio, verlos tan extasiados juntos; el despecho encendió mis deseos y concebí un placer en poder trastornar su acuerdo y en romper ese apego que hería la delicadeza de mi corazón; mas hasta ahora todos mis esfuerzos han sido inútiles, y tengo que recurrir al último remedio El presunto esposo debe hoy de obsequiar a su prometida con un paseo por el mar; sin haberme dicho ni una palabra, todo está preparado para satisfacer mi amor, y tengo una barquita y unas gentes con las que pretendo raptar muy fácilmente a la beldad.

SGANARELLE: ¡Ah, señor...!

DON JUAN: ¡Eh!

SGANARELLE: Está eso muy bien en vos, y obráis como es preciso; en este mundo no hay más que darse satisfacción.

DON JUAN: Prepárate, pues, a venir conmigo, cuida tú mismo de traer todas mis armas, a fin que... (*Viendo a DOÑA ELVIRA*): ¡Ah, enojoso encuentro! Traidor, no me habías dicho que estuviera ella aquí.

SGANARELLE: Señor, no me lo habéis preguntado...

DON JUAN: ¡Habrá loca! ¿Pues no ha venido a este lugar sin cambiar de vestido, con su atavío de campo?

LE FESTIN DE PIERRE.

Escena III:

DOÑA ELVIRA, DON JUAN
y SGANARELLE

DOÑA ELVIRA: ¿Me haréis la merced, don Juan, de querer reconocerme? ¿Y puedo esperar, al menos, que os dignéis volver la cara hacia este lado?

DON JUAN: Señora, os confieso que estoy sorprendido y que no esperaba aquí.

DOÑA ELVIRA: Si; ya veo que no me esperabais y que estáis sorprendido, en verdad, mas de muy distinto modo del que yo esperaba, y la manera de estarlo me persuade plenamente de lo que me negaba a creer. Me admira mi necedad y la flaqueza de mi corazón al dudar de una traición que tantas apariencias me confirmaban. He sido harto benévola, lo confieso, o, mejor dicho, harto simple, para querer engañarme a mí misma y procurar desmentir mis ojos y mi juicio He buscado razones para disculpar ante mi ternura la tibieza del amor que veía en vos, y me he forjado deliberadamente cien motivos legítimos de una partida tan precipitada para buscar justificación al crimen del que mi corazón os acusaba. Por mucho que me decían mis justas sospechas, a diario, y escuchaba complacida mil quimeras ridículas que os mostraban inocente ante mi corazón; mas, en fin, este encuentro no me permite ya dudar, y la mirada que me ha acogido me enseña muchas más cosas de las que quisiera saber. Me gustaría, sin embargo, oír de vuestros labios las razones de vuestra partida. Hablad don Juan, os lo ruego, y veamos con qué cara sabréis justificaros.

DON JUAN: Señora, aquí está Sganarelle, que sabe por qué he partido.

SGANARELLE (*Bajo, a DON JUAN*): ¿Yo? Yo no sé nada, señor, si os place.

DOÑA ELVIRA: Sea; hablad, Sganarelle. No importa de qué boca oiga yo esas razones.

DON JUAN (*Haciendo señas a SGANA-RELLE para que se acerque*): Vamos; hablad, pues a la señora.

SGANARELLE (*Bajo, a DON JUAN*): ¿Y qué queréis que diga yo?

DOÑA ELVIRA: Acercaos, ya que así lo desean, y decidme pronto las causas de tan rápida partida.

DON JUAN: ¿No responderás?

SGANARELLE (*Bajo a DON JUAN*): No tengo nada que responder. Os burláis de vuestro servidor.

DON JUAN: ¿Quieres responder, te digo?

SGANARELLE: Señora.

DOÑA ELVIRA: ¿Qué?

SGANARELLE (*Volviéndose hacia DON JUAN*): Señor...

DON JUAN: Sí...

SGANARELLE: Señora, los conquistadores, Alejandro y los otros mundos, son la causa de nuestra partida. He aquí, señor, todo lo que puedo decir.

DOÑA ELVIRA: ¿Accedéis, don Juan, a aclararnos esos bellos misterios?

DON JUAN: Señora, a deciros verdad...

DOÑA ELVIRA: ¡Ah, qué mal sabéis defenderos para ser un cortesano que debía estar acostumbrado a esta clase de cosas!

Me da lástima ver la confusión en que os halláis. ¿Por qué no os armáis de un noble descaro? ¿Cómo no me juráis que experimentáis siempre los mismos sentimientos hacia mí; que me amáis siempre con un ardor sin igual y que nada hay capaz de apartaros de mí, excepto la muerte? ¿Cómo no me decís que unos negocios de suma importancia os han obligado a partir sin comunicármelo; que os es preciso, bien a vuestro pesar, permanecer aquí algún tiempo, y que no tenga sino que regresar allí de dónde vengo, con la seguridad de que seguiréis mis pasos lo antes que os sea posible; que es muy cierto que ardéis de deseos de reuniros conmigo, y que lejos de mí padecéis lo que padece un cuerpo separado de su alma? Así debéis defenderos y no quedaros sobrecogido como estáis.

DON JUAN: Os confieso, señora, que no poseo talento para disimular, y que mi corazón es sincero. No os diré nunca que experimento los mismos sentimientos hacia vos ni que ardo de deseos de reunirme con vos, ya que, en fin, está comprobado que no he partido más que por huir de vos, no por los motivos que hayáis podido figuraros, sino por un puro motivo de conciencia y para no creer que con vos pueda yo vivir sin pecado. He sentido escrúpulos, señora, y he abierto los ojos del alma ante lo que hacía. He reflexionado en que, para casarme con vos, os he arrebatado a la clausura de un convento, haciéndoos romper unos votos que os ligaban a otra parte, y que el Cielo está muy celoso de esta clase de cosas. Me ha invadido el arrepentimiento y he temido al enojo celestial. He creído que nuestro matrimonio no era más que un adulterio encubierto que nos atraería alguna desgracia de las alturas, y que, en fin, debería yo intentar olvidaros y daros algún medio de volver a vuestras primeras cadenas. ¿Querríais, señora, oponeros a tan santo pensamiento, atrayéndome, al reteneros así, la enemistad del Cielo, y qué...?

DOÑA ELVIRA: ¡Ah, malvado! Ahora es cuando te conozco por entero, y para desdicha mía te conozco cuando ya no hay tiempo, cuando semejante conocimiento sólo puede servirme para desesperarme; mas quiero que sepas que tu crimen no quedará impune, y que ese mismo Cielo, del que te burlas, sabrá vengarme de tu perfidia.

DON JUAN: El Cielo, Sganarelle.

SGANARELLE: ¡Sí, es verdad; nosotros nos burlamos lindamente de eso!

DON JUAN: Señora.

DOÑA ELVIRA: Basta; no quiero escuchar más, e incluso me reprocho el haber oído ya demasiado. Es una cobardía hacerse explicar su afrenta en demasía, y todo corazón noble debe formar su juicio a la primera palabra sobre tales cuestiones. No esperéis que me desate ahora en reproches e injurias. No, no,; mi enojo no va a exhalarse en vanas palabras, y reserva todo su ardor para su venganza. Te digo una vez más: el Cielo te castigará, pérfido, por el ultraje que me haces, y si el cielo no encierra nada que puedas temer, teme, al menos, la cólera de una mujer ofendida. (*Vase*)

SGANARELLE (*Aparte*): Si pudiera sentir remordimiento...

DON JUAN (*Después de un momento de reflexión*): Vamos a pensar en la ejecución de nuestra empresa amorosa.

SGANARELLE (*Solo*): ¡Ah, a qué abominable amo me veo obligado a servir!

Le FESTIN de PIERRE.

ACTO SEGUNDO

Escena I: CARLOTA y PERICO

La escena representa una campiña a orillas del mar.

CARLOTA: ¡Virgen Santa! ¡En buena hora estuviste tú allí Perico!

PERICO: ¡Pardiez! ¡Cómo que estuvieron en un tris de ahogarse los dos!

CARLOTA: ¿Y dices que fue la ventolera de esta mañana la que los echó al mar?

PERICO: Mira, mira, Carlota; voy a contártelo todo de un tirón, porque, como dijo el otro, los vi yo el primero. En fin, estábamos a la orilla del mar yo y Lucas el gordo divirtiéndonos en tirarnos a la cabeza bolas de arena; porque ya sabes cómo le gusta triscar a Lucas el gordo, y a mí me gusta también jugar a veces. Triscando, pues, vi a lo lejos algo que se meneaba en el agua y que venía como hacia nosotros por sacudidas. Lo veía claramente, y luego, de repente, vi que ya no venía nada. «¡Eh, Lucas! —grité— me parece que hay allí unos hombres nadando» «Vamos, vamos -me contestó-; has debido de estar en la muerte de un gato, y tienes los ojos turbios» «¡Pardiez! —dije yo—; no tengo los ojos turbios; son unos hombres» «En absoluto -me dijo ofuscado-» «¿Quieres apostar -le dije entonces- a que no estoy ofuscado y a que son dos hombres que nadan en derechura hacia aquí?» «¡Voto a sanes! —me contestó— Apuesto a que no» "¡Oh! —le dije— ¿Apuestas diez sueldos a que sí? «Van —me dijo—; y para que veas, ahí está el dinero» Yo, entonces, con la cabeza serena, tiré sobre la arena las monedas con la misma valentía con que me hubiera tomado un vaso de vino, porque yo soy atrevido y capaz de jugármelo todo. Ya sabía yo lo que hacía, sin embargo ¡Valiente necio! En fin, a los dos hombres, haciéndonos señas de que fuéramos a buscarlos, yo recogía antes las apuestas «Vamos, Lucas —le dije—; ya ves que nos llaman; vamos pronto a socorrerlos» «No —me dijo—; me han hecho perder» «¡Vaya, vaya! Déjate de hablar», le dije para pincharle, y tanto le sermoneé, que nos metimos, al fin, en una barca; remamos columpiándonos, y, al final, pudimos sacarlos del agua, y los llevamos a casa junto al fuego, y luego se quedaron desnudos para secarse, y después llegaron otros dos de la misma pandilla, que se habían salvado ellos solos, y luego llegó Marutina, que les puso ojos tiernos. Y así sucedió por completo todo, Carlota.

CARLOTA: ¿No me has dicho, Perico, que hay uno que es mucho más caballero que los otros?

PERICO: Sí, es el amo, tiene que ser algún señor de los gordos, porque lleva oro en el traje, de arriba abajo, y los que le sirven son también unos señores, y, sin embargo, por muy personaje que sea, se habría ahogado de no haber estado allí nosotros.

CARLOTA: Espera un poco.

PERICO: ¡Oh, pardiez! Sin nosotros hacían sus diez de últimas.

CARLOTA: ¿Y está desnudo todavía en tu casa, Perico?

PERICO: No, no; todos se han vuelto a vestir delante de nosotros. ¡Dios mío!, no había visto nunca vestirse así ¡Cuántas historias y cuántos perifollos se ponen los señores cortesanos! Yo me perdería entre tanta cosa, y me quedaba embobado al verlo. Mira, Carlota: llevaban unos pelos que no se les salían de la cabeza, y se los ponían como si fuera un gorro abultado de lana. Llevaban unas camisas que tenían unas mangas donde podríamos meternos tú y yo... En lugar de calzas, llevaban una casaca tan larga como de aquí a Pascuas, y en lugar de Jubón, unos pequeños justillos que no les llegaban ni al ombligo. Y en lugar de valona, un gran pañuelo de cuello, de encaje, con cuatro grandes chorreras, que les colgaban hasta el estómago. Y llevaban también otras pequeñas valonas al final de los brazos y unos grandes embudos de pasamanería en las piernas, y, entre todo eso, tantas y tantas cintas, que eran un verdadero muestrario. Hasta en los zapatos llevaban, de la punta al talón, y eran los suyos unos zapatos hechos de una manera que yo me rompería la cabeza con ellos.

CARLOTA: A fe mía, Perico, tengo que ir a ver todo eso.

PERICO: ¡Oh! Escúchame antes, Carlota. Tengo algo que decirte.

CARLOTA: Bueno, pues di lo que sea.

PERICO: Mira, Carlota, tengo, como decía el otro, que volcar mi corazón. Te amo; ya lo sabes, y vamos a casarnos; pero ¡pardiez!, no estoy contento de ti.

CARLOTA: ¡Cómo! ¿Qué es lo que te pasa?

PERICO: Pues me pasa que me entristeces el alma, francamente.

CARLOTA: ¿Y cómo es eso?

PERICO: ¡Voto al Diablo! Porque no me amas.

CARLOTA: ¡Ah, ah! ¿No es más que eso?

PERICO: Sí; no es mas que eso, y ya es bastante.

CARLOTA: ¡Dios mío, Perico!; siempre dices lo mismo.

PERICO: Digo siempre lo mismo porque pasa siempre lo mismo, y si pasara siempre lo mismo, no te diría y siempre lo mismo.

CARLOTA: Pero ¿qué necesitas? ¿Qué quieres?

PERICO: ¡Por el diablo! Quiero que me ames.

CARLOTA: ¿Es que no te amo?

PERICO: No; no me amas, y eso que yo lo hago todo para que me ames. Te compro, sin ofenderte, cintas a todos los merceros que pasan; me rompo el cuello yendo a cogerte mirlos; hago que toquen para tí los gaiteros cuando llega tu santo, y todo eso es como si diera yo con la cabeza contra un muro. ¡Mira, no está bien ni es honrado en no amar a la gente que nos ama!

CARLOTA: Pero ¡Dios mío!, si yo también te amo.

PERICO: ¿Me amas con buen talante?

CARLOTA: ¿Y cómo quieres que lo haga?

PERICO: Quiero que lo hagas como se hace cuando se ama como es debido.

CARLOTA: ¿Y no te amo como es debido?

PERICO: No. Cuando ama uno de veras se nota enseguida y se hacen mil carantoñas a las personas a las que se ama de verdad. Mira la Tomasa cómo está entusiasmada con su joven Roberto; está siempre a su alrededor mimándole, y no le deja nunca tranquilo. Siempre tiene que gastarle alguna broma o que darle algún tantanrantán al pasar, y el otro día, que estaba él sentado en un escabel, fue ella, se lo quitó y le hizo caer cuan largo es al suelo. Así es como se nota que se ama a la gente; pero tú, tú no me dices nunca nada; estás siempre parada como un leño, y aunque pase yo veinte veces por delante de ti no me meneas ni para atizarme el menor golpe o para decirme la menor cosa. ¡Por Satanás! Eso no está bien, después de todo; tú eres demasiado fría con la gente.

CARLOTA: ¿Y qué quieres que yo le haga? Es mi carácter, y no puedo cambiarlo.

PERICO: No hay carácter que valga. Cuando siente uno amistad por la gente, se lo demuestra uno siempre de algún modo.

CARLOTA: En fin, yo te amo todo lo que puedo, y si no estás contento, no tienes más que ir a buscarte otra.

PERICO: ¡Vamos; eso ya es algo, pardiez! Si no me amases, ¿me habrías dicho eso?

CARLOTA: ¿Por qué vienes a trastornarme la sesera?

PERICO: ¡Maldita sea! ¿Qué te he hecho yo? No te pido más que un poco de mimo.

CARLOTA: Bueno; déjate de cosas, y no me apures tanto. Ya llegará todo de pronto, sin pensarlo.

PERICO: Chócala entonces.

CARLOTA (*Dándole la mano*): Bueno; ahí va.

PERICO: Prométeme que procurarás amarme más.

CARLOTA: Haré todo lo que pueda; pero eso tiene que venir por sus propios pasos. Oye, Perico: ¿es ese el Señor?

PERICO: Sí; ahí está.

CARLOTA: ¡Ah, Dios mío, qué guapo es y qué lástima hubiera sido que se ahogase!

PERICO: Vuelvo al momento; me voy a echar un trago para quitarme un poco el cansancio que tengo.

DON JUAN.

DON JUAN.
Je souhaiterais qu'il y eut d'autres mondes pour
y pouvoir étendre mes conquêtes amoureuses.
Acte I. sc. II.

Escena II: DON JUAN, SGANARELLE y CARLOTA

DON JUAN: Hemos fallado el golpe, Sganarelle, y esta borrasca imprevista ha hecho naufragar, con nuestra barca, el proyecto que habíamos forjado; mas a decirte verdad, la aldeana a quien acabo de dejar compensa ese infortunio y la he encontrado unos hechizos que borran de mi espíritu toda pena que me producía el fracaso de nuestra empresa. Ese corazón no debe escapárseme, y he tomado ya ciertas disposiciones para no sufrir largo tiempo lanzando suspiros.

SGANARELLE: Señor, confieso que me asombráis. Apenas escapamos de un peligro de muerte, y ya, en lugar de dar gracias al Cielo por la piedad que se ha dignado tener con nosotros, procuráis de nuevo atraeros su cólera con vuestras acostumbradas fantasías y vuestros amores cri... (*Al ver que DON JUAN adopta un aire amenazador*) Basta, bergante; no sabéis lo que decís, y vuestro amo sabe lo que hace. Vamos.

DON JUAN (*Viendo a CARLOTA*): ¡Ah, ah! ¿De dónde sale esta otra aldeana, Sganarelle? ¿Has visto nada tan lindo? ¿Y no te parece, dime, que esta vale tanto como la otra?

SGANARELLE: Seguramente (*Aparte*) Otra nueva pieza.

DON JUAN (A CARLOTA): ¿A qué debo, preciosa, tan grato encuentro? ¡Cómo! ¿En estos lugares campestres, entre árboles y esas rocas, encuentra uno personas hechas como vos?

CARLOTA: Ya veis, señor.

DON JUAN: ¿Sois de esta aldea?

CARLOTA: Sí, señor.

DON JUAN: ¿Y os llamáis?

CARLOTA: Carlota, para serviros.

DON JUAN: ¡Ah, qué bella personita y cuán penetrantes son sus ojos!

CARLOTA: Señor..., me ponéis colorada.

DON JUAN: ¡Ah! No os avergüence oír las verdades. ¿Qué te parece, Sganarelle? ¿Puede verse nada más agradable? Volveos un poco, os lo ruego. ¡Ah, qué lindo talle! Alzad un poco la cabeza, por favor ¡Ah, qué rostro precioso! Abrid del todo los ojos ¡Ah, qué hermosos son! Dejadme ver un poco vuestros dientes ¡Ah, qué amorosos son y qué labios más apetitosos!

Me siento encantado, y no he visto nunca una persona tan seductora.

CARLOTA: Señor, os gusta decir eso, y no sé si será para burlaros de mí.

DON JUAN: ¿Burlarme yo de vos?... ¡Guárdeme el Cielo de hacerlo! Os amo demasiado para eso y os hablo con todo el corazón.

CARLOTA: Siendo así, os lo agradezco..

DON JUAN: Nada de eso; no tenéis que estarme agradecida por lo que digo; se lo debéis a vuestra belleza.

CARLOTA: Señor, todo eso resulta demasiado bien para mí, y no sé contestaros.

DON JUAN: Sganarelle, fíjate en esas manos.

CARLOTA: ¡Bah, señor!; son más negras que un tizón.

DON JUAN: ¡Ah! ¿Qué estás diciendo?

Son las más bellas del mundo; permitid que os las bese.

CARLOTA: Señor, me hacéis demasiado honor, y de haberlo sabido antes me hubiera dejado de lavármelas con salvado.

DON JUAN: Bueno; decidme, bella Carlota: ¿no estaréis casada, verdad?

CARLOTA: No, señor; mas lo estaré pronto con Perico, el hijo de mi vecina Simona.

DON JUAN: ¡Cómo! ¿Una persona como vos va a ser la mujer de un simple aldeano? No, no; sería profanar tantas bellezas, y no habéis nacido para permanecer en una aldea. Merecéis, sin duda, mejor fortuna, y el Cielo, que lo sabe, me ha traído aquí exclusivamente para impedir ese casamiento y hacer justicia a vuestros encantos, ya que, en fin, bella Carlota, os amo con todo mi corazón, y sólo de vos dependerá que os saque de este miserable lugar y os coloque en la situación en que merecéis estar. Este amor es muy rápido, sin duda ¡qué! Eso es afecto, Carlota, de vuestra gran belleza; a vos se os ama en un cuarto de hora más de lo que se amaría a otra en seis meses.

SGANARELLE: Os aseguro, señor, que no sé qué hacer cuando habláis. Lo que decís me complace y me gustaría muchísimo creeros; mas siempre me han dicho que no había de creer nunca a los señores, y que los cortesanos sois unos engatusadores, que no pensáis más que en engañar a las muchachas.

CARLOTA: Yo no soy de esos.

DON JUAN (*Aparte*): ¡Ni por asomo!

SGANARELLE: Ya veis, señor; no le gusta a una dejarse engañar. Yo soy una pobre aldeana; mas tengo en mucho aprecio el honor, y preferiría morir a verme deshonrada.

DON JUAN: ¿Iba yo a tener el alma tan perversa para engañar a una persona como vos? ¿Iba yo a ser lo bastante cobarde para deshonraros? No, no; tengo demasiada conciencia para eso. Os amo, Carlota, con toda rectitud y todo honor, y para demostraros que os digo la verdad, sabed que no tengo más deseos que casarme con vos ¿Queréis una prueba mayor? Me tenéis dispuesto a ello en cuanto queráis, y pongo a este hombre por testigo de la palabra que os doy.

CARLOTA: No, no; no temáis nada. Se casará con vos cuantas veces queráis.

DON JUAN: ¡Ah, Carlota! Creo que no me conocéis todavía. Me hacéis una gran ofensa al juzgarme por los demás, y si existen desalmados en el mundo, gentes que no procuran más que abusar de las jóvenes, debéis excluirme de ese género y no poner en duda la sinceridad de mi palabra; además, vuestra belleza os garantiza de todo. Cuando se es como vos, debe estarse a cubierto de todos esos temores; no tenéis aspecto, creedme, de una persona a quién se engaña, y, por mi parte, lo confieso, traspasaría el corazón mil veces si tuviera el menor propósito de traicionaros.

CARLOTA: ¡Dios mío! No sé si decís la verdad o no; pero lográis que se os crea.

DON JUAN: Creyéndome, me haréis justicia ciertamente, y os reitero la promesa que os he hecho. ¿No la aceptáis? ¿Y no querréis consentir en ser mi esposa?

CARLOTA: Sí; con tal de que mi tía consienta.

DON JUAN: Venga esa mano entonces, Carlota, ya que por vuestra parte accedéis.

CARLOTA: Mas, al menos, señor, no vayáis a engañarme, os lo suplico; tened conciencia de ello, pues que veis mi buena fe.

DON JUAN: ¡Cómo! ¿Parecéis dudar todavía de mi sinceridad? ¿Queréis que os haga unos juramentos espantosos? Que el Cielo...

CARLOTA: ¡No juréis, Dios mío! Os creo.

DON JUAN: Dadme un besito en prenda de vuestra palabra.

CARLOTA: ¡Oh, señor! Esperad a que estemos casados, os lo ruego Después de eso os besaré cuanto queráis.

DON JUAN: Pues bien, bella Carlota; yo quiero cuanto vos queráis; dejadme tan sólo vuestra mano y permitid que le exprese, con mil besos, el éxtasis en que me encuentro.

Escena III: DON JUAN, PERICO, SGANARELLE y CARLOTA

PERICO (*Empujando a DON JUAN, que besa la mano de CARLOTA*): Poco a poco, señor; reportaos, si os place. Os acaloráis demasiado y podría daros una pleuresía.

DON JUAN (*Rechazando con dureza a PERICO*): ¿Qué le trae a este impertinente?

PERICO (*Colocándose entre DON JUAN y CARLOTA*): Os he dicho que os reportéis y que no acariciéis a las novias.

DON JUAN (*Rechazando nuevamente a PERICO*): ¡Ah, cuánto escándalo!

PERICO: ¡Voto a sanes! No hay que empujar así a la gente.

CARLOTA (*Cogiendo a PERICO del brazo*): Déjale hacer, Perico.

PERICO: ¡Cómo! ¿Que le deje hacer? Pues no quiero.

DON JUAN: ¡Ah!

PERICO: ¡Pardiez! ¿Es que por ser señor vais a venir a acariciar a nuestras mujeres en nuestras barbas? Idos a acariciar a las vuestras.

DON JUAN: ¡Eh!

PERICO: ¡Eh, sí! (*DON JUAN le da un bofetón*) ¡Por mi alma, no me peguéis! (*Al recibir otro bofetón*) ¡Oh, maldita sea! (*Recibe un tercer bofetón*) ¡Cáspita! ¡Voto a Judas! No está bien eso de pegar a la gente, y no es modo de recompensar al que os ha salvado de ahogaros.

CARLOTA: Perico, no te enfades.

PERICO: Quiero enfadarme y tú eres una infame por tolerar que te acaricien.

CARLOTA: ¡Oh, Perico! No es lo que te figuras. Este caballero quiere casarse conmigo, y no debes encolerizarte.

PERICO: ¡Pues no, por mi alma! Prefiero verte difunta a que seas de otro.

CARLOTA: ¡Vamos, vamos, Perico, no te aflijas! Cuando sea señora te haré ganar dinero, y tú traerás manteca y queso a nuestra casa.

PERICO: ¡Santo Cielo! No os llevaré nunca, aunque me pagases el doble ¿Así haces caso de lo que é te dice? ¡Maldita sea! Si lo hubiera sabido antes, me habría guardado de sacarle del agua y le hubiese dado con todo el remo en la cabeza.

DON JUAN (*Acercándose a PERICO para pegarle*): ¿Qué estáis diciendo?

PERICO: (*Guareciéndose detrás de CAR-LOTA*): ¡Pardiez! Yo no temo a nadie.

DON JUAN (*Yendo hacia PERICO*): Esperad.

PERICO (*Cambiando de lado*): Yo me río de todo.

DON JUAN (*Corriendo detrás de PERICO*): Vamos a verlo

PERICO (*Amparándose otra vez detrás de CARLOTA*): A otros he visto...

DON JUAN: ¡Hola!

SGANARELLE: ¡Eh, señor, dejad a este pobre diablo! Da lástima pegarle (*A PERICO, colocándose entre DON JUAN y él*) Escucha, infeliz mozo: retírate y no le digas nada.

PERICO (*Pasando por delante de SGANARELLE y mirando con arrogancia a DON JUAN*): Pues quiero decirle...

DON JUAN (*Alzando la mano para dar otro bofetón a PERICO*): ¡Ah, ya te enseñaré yo! (*PERICO baja la cabeza y SGANARELLE recibe el bofetón*).

SGANARELLE (*Mirando a PERICO*): ¡Mal haya sea el bergante! DON JUAN (*A SGANARELLE*): Así paga el diablo...

PERICO: ¡Voto a sanes! Voy a contarle a tu tía todo este enredo.

DON JUAN (*A CARLOTA*): Al fin, voy a ser el más feliz de los hombres, y no cambiaría mi felicidad por nada del mundo ¡Qué placeres cuando seáis mi mujer y...!

Escena IV: DON JUAN, SGANARELLE, CARLOTA y MATURINA

SGANARELLE (*Viendo a MATURINA*): ¡Ah, ah!

MATURINA (*A DON JUAN*): Señor ¿qué hacéis ahí con Carlota? ¿Le estáis hablando de amor también?

DON JUAN (*Bajo a MATURINA*): No, al contrario, es ella la que anhela ser mi mujer, y yo le contestaba que estaba comprometido con vos.

CARLOTA (*A DON JUAN*): ¿Qué os quiere Maturina?

DON JUAN (*Bajo a CARLOTA*): Está celosa de verme hablaros, y quisiera realmente que me casase con ella; más le he dicho que es a vos a quien amo.

MATURINA: ¡Cómo, Carlota...!

DON JUAN (*Bajo a .MATURINA*): Todo cuanto le digáis será inútil; se le ha metido eso en la cabeza.

CARLOTA: ¡Cómo, Maturina...!

DON JUAN (*Bajo a CARLOTA*): Le hablaréis en vano: no le quitaréis ese antojo.

MATURINA: Pero ¿es que...?

DON JUAN (*Bajo a MATURINA):* No hay manera de hacerla entrar en razón .

CARLOTA: Yo quisiera.

DON JUAN (*Bajo a CARLOTA*): Es tan terca como todos los diablos.

MATURINA: Realmente...

DON JUAN (*Bajo a MATURINA):* No le digáis nada; es una loca.

CARLOTA: Yo creo...

DON JUAN (*Bajo a CARLOTA*): Dejadla; es una extravagante.

MATURINA: No, no; tengo que hablarle.

CARLOTA: Quiero conocer tus motivos.

MATURINA: ¡Cómo!

DON JUAN (*Bajo a MATURINA*): Apuesto a que va a deciros que le he prometido casarme con ella.

CARLOTA: Yo...

DON JUAN (*Bajo a CARLOTA*): Apuesto a que va a sosteneros que le he dado palabra de hacerla mi esposa.

MATURINA: ¡Hola, Carlota! No está bien eso de querer meterse en el cercado ajeno.

CARLOTA: No es honrado, Maturina, que no sintáis celos porque el señor me hable.

MATURINA: Soy yo la primera a quien ha visto el señor.

CARLOTA: Si sois la primera a quien ha visto, yo voy la segunda, y me ha prometido casarse conmigo.

DON JUAN: ¿No lo adiviné?

CARLOTA: A otra con eso; me lo ha prometido a mí.

MATURINA: Os burláis de la gente; ha sido a mí, os repito.

CARLOTA: Aquí está é para decir si no tengo razón.

MATURINA: Aquí está él para desmentir si no digo la verdad.

CARLOTA: Señor, ¿le habéis prometido casaros con ella?

DON JUAN (*Bajo a CARLOTA*): Os burláis de mí.

MATURINA: ¿Es cierto, señor, que le habéis dado palabra de ser su marido?

DON JUAN (*Bajo a MATURINA*): ¿Cómo podéis haber pensado tal cosa?

CARLOTA: Como veis, lo mantiene.

DON JUAN (*Bajo a CARLOTA*): Dejadla hablar.

MATURINA: Sois testigo de lo que asegura.

DON JUAN (*Bajo a MATURINA*): Dejadla decir.

CARLOTA: No, no; es preciso saber la verdad.

MATURINA: Hay que decidir la cuestión.

CARLOTA: Sí, Maturina, prefiero que el caballero os muestre vuestro error.

MATURINA: Sí, Carlota; prefiero que el caballero os deje boquiabierta.

CARLOTA: Señor, solucionad la contienda, si os place.

MATURINA: Ponednos de acuerdo, señor.

CARLOTA (*A MATURINA):* Ahora veréis.

MATURINA: (*A CARLOTA*): Ahora veréis vos.

CARLOTA (*A DON JUAN*): Decid.

MATURINA: (*A DON JUAN*): Hablad.

DON JUAN: ¿Qué queréis que diga? Sostenéis por igual que os he dado promesa de casamiento a ambas. ¿Es que no sabéis cada una lo que sucede sin que me sea necesario explicarme más? ¿Por qué obligarme a repeticiones sobre tal asunto? Aquella a quien he dado realmente mi promesa, ¿no tiene en sí misma con qué burlarse de los discursos de la otra? ¿Y debe apenarse con tal que cumpla yo mi promesa? Todos los discursos imaginables no arreglan las cosas Hay que hacer y no decir, y los efectos deciden mejor que las palabras. Por eso nada me impulsa a poneros de acuerdo, y ya se verá, cuando me case, a cuál de las dos pertenece mi corazón (*Bajo a MATURINA):* Dejadla creer lo que quiera. (*Bajo a CARLOTA*): Dejad que lisonjee su imaginación. (*Bajo a MATURINA):* Os adoro (*Bajo a CARLOTA*): Soy todo vuestro. (*Bajo a MATURINA):* Todos los rostros resultan feos junto al vuestro. (*Bajo a CARLOTA*): No puedo soportar a las demás después de haberos visto. (*Alto*): Tengo que dar unas órdenes; volveré después a buscaros dentro de un cuarto de hora.

CARLOTA (*A MATURINA*): A mí es a quién ama por lo menos.

MATURINA: (*A CARLOTA*): Conmigo se casará.

SGANARELLE (*Interrumpiendo a CARLOTA y a MATURINA*): ¡Ah, jóvenes infelices! Compadezco vuestra inocencia, y no puedo sufrir el veros correr hacia vuestra desgracia. Creedme una y otra: no os solacéis con todos los cuentos que os coloquen, y seguid en vuestro pueblo.

DON JUAN (*Al fondo de la escena, aparte*): Quisiese saber por qué no me sigue Sganarelle.

SGANARELLE: Mi amo es un desalmado; sólo se propone engañaros, como ha engañado a otras; es el prometido del género humano, y... (*Viendo A DON*

JUAN): Eso es falso; y a quienquiera que os lo diga debéis contestarle que miente. Mi amo no es el prometido del género humano, no es un desalmado, no se propone engañaros, ni ha engañado a otras. ¡Ah, miradle! Ahí está; preguntádselo a él.

DON JUAN (*Mirando a SGANARELLE y sospechando que ha hablado*): ¡Sí!

SGANARELLE: Señor, como el mundo está lleno de maldicientes, yo me adelanto a las cosas, y les decía que si alguien venía a hablarles mal de vos, se guardaran mucho de creerlo y no dejasen de decirle que mentía.

DON JUAN: ¡Sganarelle!

SGANARELLE (*A CARLOTA y a MATURINA*): Si, mi señor es un hombre de honor; lo garantizo.

DON JUAN: ¿Eh?

SGANARELLE: Son unos impertinentes.

Escena V: DON JUAN, LA REMÉE, CARLOTA, MATURINA y SGANARELLE

LA REMÉE: (*Bajo A DON JUAN*): Señor, vengo a advertiros de que no os conviene estar aquí.

DON JUAN: ¿Cómo?

LA REMÉE: Doce hombres a caballo os buscan y están para llegar; no sé cómo pueden haberos seguido; más he conocido la noticia por un aldeano al que han interrogado describiéndoos. El asunto urge, y cuanto antes salgáis de aquí, mejor será

DON JUAN (*A CARLOTA y a MATURINA):* Un negocio urgente me obliga a partir de aquí; mas os ruego que recordéis la palabra que os he dado y que esperéis mis noticias antes de mañana a la noche

(*Vanse CARLOTA y MATURINA*): Como la partida no es igual, hay que emplear una estratagema y eludir hábilmente la desdicha que me amenaza Quiero, Sganarelle, que os pongáis mis ropas, y yo...

SGANARELLE: Señor, os chanceáis. Exponerme a que me maten con vuestras ropas y...

DON JUAN: ¡Vamos, pronto! Harto honor os hago, y feliz en demasía es el criado que puede alcanzar la gloria de morir por su amo.

SGANARELLE: Os agradezco tal honor (*Solo*). ¡Oh, Cielos! Ya que se trata de morir, ¡hacedme la merced de no ser tomado por otro!

ACTO TERCERO

Escena I: DON JUAN, vestido de campo y SGANARELLE de médico.

SGANARELLE: A fe mía, señor, confesad que tuve razón, y henos a uno y otro disfrazados a maravilla. Vuestro primer proyecto no era nada adecuado, y esto nos encubre mucho mejor que todo lo que pensabais hacer.

DON JUAN: Realmente estás bien; y no sé de dónde has podido sacar esas prendas ridículas.

SGANARELLE: ¿Sí? Es el indumento de un viejo galeno, dejado en prenda en el sitio donde lo he cogido; y me ha costado dinero adquirirlo Mas ¿sabéis, señor, que este traje me presta ya tal valía que me saludan las gentes con quiénes me encuentro y vienen a consultarme como a hombre docto?

DON JUAN: ¿Cómo así?

SGANARELLE: Cinco o seis aldeanos y aldeanas, al verme pasar, han venido a pedirme dictamen sobre diferentes dolencias.

DON JUAN: ¿Y les has respondido que tú no entiendes nada de esas cuestiones?

SGANARELLE: ¿Yo? En modo alguno. He querido mantener el honor de mi traje, he razonado sobre la dolencia y les he prescrito a cada uno de ellos su remedio.

DON JUAN: ¿Y qué remedios les has prescrito?

SGANARELLE: A fe mía, señor, lo he tomado por donde he podido: he prescrito mis remedios a la ventura, y sería una cosa divertida que los enfermos se curasen y vinieran a darme las gracias.

DON JUAN: ¿Y por qué no? ¿Por qué razón no gozarías tú de los mismos privilegios que los otros médicos? No tienen mayor aporte que tú en las curaciones de los enfermos, y todo su arte es pura mueca. No hacen más que recoger la gloria de los éxitos felices, y tú puedes aprovecharte, como ellos, de la felicidad del enfermo, y ver cómo atribuyen a tus remedios todo cuanto puede provenir de los favores del azar y de las fuerzas de la Naturaleza.

SGANARELLE: ¡Cómo, señor! ¿Tan descreído sois en medicina?

DON JUAN: Es uno de los grandes errores que hay entre los hombres.

SGANARELLE: ¡Cómo! ¿No creéis en el

sen, ni en la cañafístula, ni en el vino emético?

DON JUAN: ¿Y por qué quieres que crea en eso?

SGANARELLE: Tenéis un alma muy incrédula. Y sin embargo, ya veis; desde hace tiempo el vino emético hace mucho ruido. Sus milagros han convertido a los más descreídos espíritus, y no hace aún tres semanas que he visto yo, yo que estoy hablando, sus efectos maravillosos.

DON JUAN: ¿Cuáles?

SGANARELLE: Había un hombre que desde hacía seis días estaba agonizando; no sabían qué recetarle, y todos los remedios eran ineficaces; y al final pensaron en darle el vino emético.

DON JUAN: ¿Y se salvó?

SGANARELLE: No; murió.

DON JUAN: ¡Admirable gesto!

SGANARELLE: ¡Cómo! Hacía seis días enteros que no le era posible fallecer, y eso le hizo morir en el acto. ¿Queréis algo más eficaz?

DON JUAN: Tenéis razón.

SGANARELLE: Mas dejemos la medicina, en la que no creéis y hablemos de otras cosas, porque este traje me da talento y me siento en vena de discutir con vos. Ya sabéis que me permitís discutir y que sólo me tenéis prohibidas las amonestaciones.

DON JUAN: Bueno, ¿y qué?

SGANARELLE: Quisiera conocer vuestros pensamientos a fondo. ¿Es posible que no creáis en absoluto en el Cielo?

DON JUAN: Dejemos eso.

SGANARELLE: Es decir, que no creéis. ¿Y en el Infierno?

DON JUAN: ¡Eh!

SGANARELLE: Lo mismo. ¿Y en el diablo, si os place?

DON JUAN: Sí, sí.

SGANARELLE: Muy poco. ¿No creéis en la otra vida?

DON JUAN: ¡Ja, ja, ja!

SGANARELLE: He aquí un hombre al que me costará trabajo convertir. Y decidme: ¿Qué pensáis del coco, eh?

DON JUAN: ¡Mal haya sea el fatuo!

SGANARELLE: Esto es lo que no puedo soportar, pues no hay nada más real que el coco, y yo me dejaría ahorcar por él. Mas es preciso creer en algo. ¿En qué creéis, pues?

DON JUAN: ¿En qué creo?

SGANARELLE: Sí.

DON JUAN: Creo que dos y dos son cuatro, Sganarelle, y que cuatro y cuatro son ocho.

SGANARELLE: ¡Buena creencia y bellos artículos de fe! ¿Vuestra religión, es por lo que veo, la aritmética? Hay que confesar que se les meten extrañas locuras en la cabeza a los hombres y que, aun habiendo estudiado mucho, es uno mucho menos sabio, con frecuencia. Por mi parte, señor, no he estudiado como vos, a Dios gracias, y nadie podría alabarme de haber enseñado nada; mas, con mi humilde sentido y mi escaso juicio, veo las cosas mejor que todos los libros, y comprendo muy bien que este mundo que vemos no es un hongo que haya nacido espontáneamente en una noche. Quisiera realmente preguntaros quién ha hecho esos árboles, esas peñas, esa tierra y ese cielo de ahí arriba, y si todo se ha hecho por sí solo. Heteos a vos, por ejemplo, aquí. ¿Os habéis creado vos mismo y no ha sido necesario que vuestro padre haya preñado a vuestra madre para que nacieseis? ¿Podéis ver todas las invenciones de que se compone la máquina humana sin admirar el modo con que está ajustado todo? Esos nervios, esos huesos, esas venas, estas arterias, estos..., este pulmón, este corazón, este hígado y todo estos otros ingredientes que hay aquí y que... ¡Oh, pardiez, interrumpidme si queréis! No sé discutir si no me interrumpen. Os calláis a propósito y me dejáis hablar por fina malicia.

DON JUAN: Espero a que hayas concluido tu razonamiento.

SGANARELLE: Mi razonamiento es que hay algo admirable en el hombre, digáis lo que queráis, que todos los sabios no podrían explicar. ¿No es maravilloso que esté yo aquí y que tenga algo en la cabeza que piensa cien cosas diferentes en un instante y hace de mi cuerpo cuanto quiere? Quiero aplaudir con las manos, levantar el brazo, alzar los ojos al cielo, bajar la cabeza, mover los pies; ir a la derecha, a la izquierda, hacia adelante, hacia atrás, volverme... (*Cae al suelo al volverse*).

DON JUAN: ¡Bien! Ahí tienes tu razonamiento con las narices rotas.

SGANARELLE: ¡Pardiez! Bien necio soy entreteniéndome en razonar con vos; creed lo que queráis: ¡Qué se me importa que os condenéis!

DON JUAN: pero mientras razonábamos

nos hemos extraviado. Llama a aquel hombre para preguntarle el camino.

SGANARELLE: ¡Hola! ¡Eh, compadre! ¡Eh, amigo! Unas palabritas, por favor

Escena II: DON JUAN, SGANARELLE

y un mendigo

SGANARELLE: Indíquenos el camino que lleva a la ciudad.

FRANCISCO: No tenéis más que seguir esta carretera, señores, y torcer a mano derecha cuando lleguéis al final del bosque; mas os aconsejo que vayáis alerta, ya que hace cierto tiempo hay ladrones por estos alrededores.

DON JUAN: Te quedo reconocido, amigo mío, y te doy las gracias de todo corazón.

FRANCISCO: Si quisierais socorrerme, señor, con alguna limosna...

DON JUAN: ¡Ah, ah! Tu aviso es interesado, por lo que veo.

FRANCISCO: Soy un pobre, señor, retirado a este bosque desde hace diez años, y no dejaré de pedir al Cielo que os conceda toda clase de bienes.

DON JUAN: ¡Ah! Pide al Cielo que te dé un traje, sin preocuparte de los asuntos ajenos.

SGANARELLE: No conocéis a este señor, buen hombre; sólo cree en que dos y dos son cuatro, y en que cuatro y cuatro son ocho.

DON JUAN: ¿Cuál es tu ocupación entre estos árboles?.

FRANCISCO: La de rogar al Cielo todos los días por la prosperidad de las gentes de bien que me den algo.

DON JUAN: ¡Tienes entonces que estar muy contento!

FRANCISCO: ¡Ay, señor! Me encuentro en la mayor necesidad.

DON JUAN: Te chanceas; a un hombre que ruega al Cielo todos los días tiene que irle muy bien en sus asuntos.

FRANCISCO: Os aseguro señor, que la mayoría de las veces no tengo un trozo de pan que llevarme a la boca.

DON JUAN: Cosa rara, y mal te agradecen tus afanes. ¡Ah, ah! Voy a darte un luis de oro ahora mismo con tal de que accedas a jurar.

FRANCISCO: ¡Ah, señor! ¿Quisierais que cometiera tal pecado?

DON JUAN: Sólo tienes que decidir si quieres ganar un luis de oro o no; aquí tienes el que te doy, si juras. Ten, hay que jurar.

FRANCISCO: Señor...

DON JUAN: Si no juras, te quedas sin él.

SGANARELLE: Anda, anda, jura; no hay mal en ello.

DON JUAN: Ten, cógelo, te digo: pero jura ya.

FRANCISCO: No señor; prefiero morirme de hambre.

DON JUAN: ¡Vaya, vaya! ¡Te lo doy por amor a la Humanidad! (*Escudriñando el bosque*) Más. ¿Qué veo allí? ¡Un hombre atacado por otros tres! La contienda es demasiado desigual, y no puedo tolerar semejante cobardía (*Echa mano a su espada y corre hacia el lugar del combate*)

Escena III: DON JUAN, DON CARLOS y SGANARELLE, al fondo de la escena)

SGANARELLE: Mi amo es un verdadero loco yendo a precipitarse a un peligro que no le atañe... Mas, a fe mía, la ayuda ha servido, y dos han hecho huir a tres.

DON CARLOS (*Envainando su espada*): Se ve, ante la fuga de esos ladrones, la potencia de vuestro brazo. Permitid, señor, que agradezca tan generosa acción y que...

DON JUAN: No he hecho nada, señor, que no hubierais hecho en mi lugar Nuestro propio honor está empleado en tales aventuras, y la acción de esos bergantes era tan cobarde que hubiera sido una verdadera complicidad no oponerse a ella.

Más, ¿cómo os habéis encontrado entre sus manos?

DON CARLOS: Habíame separado, por azar, de mi hermano y de todos los de nuestro séquito; y cuando intentaba reunirme con ellos, topé con esos ladrones, que primeramente mataron a mi caballo y que, a no ser por vuestro arrojo, hubieran hecho lo mismo conmigo.

DON JUAN: ¿Deseáis ir en dirección a la ciudad?

DON CARLOS: Sí, mas sin entrar en ella; nos vemos precisados, mi hermano y yo, a permanecer en el campo a causa de uno de esos asuntos que obligan a los caballeros a sacrificarse, en unión de su familia, a la severidad de su honor, ya que, en fin, la más grata fortuna es siempre funesta en estos casos, y si no se deja uno la vida, e ve forzado a dejar en el reino; en lo cual encuentro desdichada la condición de caballero, al no poder en modo alguno librarse, aún con toda la prudencia y honradez de su conducta, de estar sojuzgado por las leyes del honor al desorden de la conducta ajena, y de ser su vida, su reposo y sus bienes depender del capricho del primer osado al que se le ocurra hacerle una de esas ofensas ante las cuales un hombre de honor debe morir.

DON JUAN: Tiene uno la ventaja de hacer correr el mismo riesgo, y de que lo pasen mal también aquellos a quienes se les antoje ofenderos a sabiendas. Más ¿no sería indiscreto preguntaros cuál puede ser vuestro negocio?.

DON CARLOS: La cosa ha llegado a un extremo tal que no exige secreto y, una vez descubierta la injuria, nuestro honor no tiene por qué ocultarla afrenta, sino hacer ostensible nuestra venganza y difundir incluso el propósito que abrigamos. Así, pues, caballero, no me recataré de deciros que la ofensa que queremos vengar es una hermana seducida y raptada de un convento y que el autor de esa ofensa en un tal don Juan Tenorio, hijo de don Luis. Le buscamos hace unos días, y le hemos seguido esta mañana por los informes de un criado, que nos ha dicho que salía a caballo acompañado de cuatro o cinco y que marchaba bordeando esta costa; más todos nuestros afanes han resultado inútiles, y no hemos podido averiguar lo que ha sido con él.

DON JUAN: ¿Conocéis, caballero, a ese don Juan de que habláis?.

DON CARLOS: No, por lo que a mí se refiere. No le he visto nunca, y solamente se lo he oído describir a mi hermano; más su fama no dice nada bueno de él, y es hombre cuya vida...

DON JUAN: Deteneos, señor, si os place. Es algo amigo mío, y resultaría cobarde en mí oír hablar mal de él.

DON CARLOS: Por consideración a vos, caballero, no diré nada, ya que lo menos que os debo, después de haberme salvado la vida, es el callarme ante vos acerca de una persona a la que conocéis, cuando sólo puedo hablar mal de ella; más, por amigo suyo que seáis, me atrevo a esperar que no aprobaréis su acción, ni encontraréis extraño que procuremos tomar venganza de ello.

DON JUAN: Al contrario, quiero ayudaros a ello y evitaros afanes inútiles Soy amigo de don Juan, no puedo remediarlo. Mas no es razonable que ofenda él impunemente a unos caballeros, y me comprometo a daros satisfacción en su nombre.

DON CARLOS: ¿Y qué satisfacción puede darse ante esa clase de injurias?

DON JUAN: Todas las que pueda desear vuestro honor; y sin molestaros en buscar más a don Juan, me obligo a hacerle comparecer en el sitio que queráis y cuando os plazca.

DON CARLOS: Esa esperanza es muy halagüeña, caballero, pero unos corazones ofendidos; más, después de lo que os debo, sería para mía un dolor demasiado sensible el que les sirvierais de compañero en la contienda.

DON JUAN: Estoy tan ligado a don Juan

que no podría él batirse sin que me batie-
ra yo también; más, en fin, respondo de él
como de mí mismo, y no tenéis más que
decirme adónde queréis que acuda él a
daros satisfacción.

DON CARLOS: ¡Qué cruel es mi destino!
¡Deberos la vida y que sea Don Juan amigo vuestro!

Escena IV: DON ALONSO y tres criados;
DON CARLOS, DON JUAN
y SGANARELLE

DON ALONSO (*Hablando con los del SÉQUITO DE DON CARLOS y DON ALFONSO, sin ver a DON CARLOS ni a DON JUAN*): Dad de beber ahí a mis caballos y traédmelos después (*Viendo a los dos*) ¡Oh, Cielos! ¿Qué veo? ¡Cómo, hermano mío! ¡Heteos aquí con nuestro mortal enemigo!

DON CARLOS: ¿Nuestro mortal enemigo?

DON JUAN (*Poniendo la mano sobre la empuñadura de su espada*): Sí, yo soy el propio Don Juan, y la ventaja del número no me obligará a ocultar mi nombre.

DON ALONSO: ¡Ah, traidor! Tienes que

morir, y (*SGANARELLE corre a esconderse*).

DON CARLOS: ¡Ah, hermano mío, deteneos! Le debo la vida, y sin ayuda de su brazo hubiera sido yo asesinado por unos ladrones con quienes topé.

DON ALONSO: ¿Y queréis que esa consideración impida nuestra venganza? Todos los servicios que nos hace una mano enemiga no tienen la menor fuerza para empeñar nuestra alma; y si hay que medir la obligación por la injuria, nuestra gratitud resulta, hermano mío, ridícula en este caso; como el honor es infinitamente más precioso que la vida, es no deber nada, en realidad, el deber la vida a quién nos ha arrebatado el honor.

DON CARLOS: Sé muy bien la diferencia, hermano mío, que un caballero debe hacer entre uno y otra, y el reconocimiento de mi obligación no borra en mí el recuerdo de la injuria; mas permitid que le devuelva ahora lo que me ha prestado y que pague sin dilación la deuda de la vida que con él tengo, aplazando nuestra venganza y dejándole la libertad de gozar durante unos días del fruto de su beneficio.

DON ALONSO: No, no; es arriesgar nuestra venganza el aplazarla, y puede que no vuelva a presentársenos otra ocasión. El Cielo nos la ofrece ahora, y debemos aprovecharla. Cuando el honor ha sido ofrecido mortalmente, no debe pensarse en guardar miramientos; y si os repugna prestar vuestro brazo en esta acción, no tenéis más que retiraros y dejar a mi mano la gloria de tal sacrificio.

DON CARLOS: Por favor, hermano mío...

DON ALONSO: Todos estos discursos son superfluos; es preciso que muera.

DON CARLOS: Deteneos, os digo, hermano mío. No toleraré que se ataque a su vida; y juro por el Cielo que le defenderé aquí contra quien sea y que sabré hacerle una muralla con esta misma vida que él salvó; para asestar vuestras estocadas tendréis que atravesarme.

DON ALONSO: ¡Cómo! ¡Tomáis la defensa de nuestro enemigo contra mí! Y, lejos de sentiros agitado ante su presencia por los mismos arrebatos que yo, ¡mostráis por él unos sentimientos rebosantes de afecto!

DON CARLOS: Hermano mío, demostremos moderación en una empresa justa, y no venguemos nuestro honor con esa furia de que hacéis gala. Sepamos dominar nuestro corazón, tengamos un valor que no sea feroz y que obre a impulsos del puro consejo de nuestra razón y no arrastrado por una cólera ciega. No quiero, hermano mío, ser deudor de mi enemigo, y tengo con él una obligación de la que debo librarme antes que nada. No porque aplacemos nuestra venganza será esta menos sonada; al contrario, obtendrá provecho de ello, y esta ocasión, en que pudimos tomarla, la hará parecer más justa a los ojos de todos.

DON ALONSO: ¡Oh, extraña flaqueza! ¡Oh, espantosa ceguera esta de arriesgar así los intereses del honor por el ridículo pensamiento de una obligación quimérica!

DON CARLOS: No, hermano mío; no os inquietéis. Si cometo una culpa, sabré repararla, y me encargo de cuidar de vuestro honor; sé a lo que nos obliga, y este aplazamiento de un día que mi gratitud le pide no hará sino aumentar el afán que tengo de satisfacerle. Don Juan, como veis, tengo buen cuidado den devolveros el bien que de vos he recibido, y por ello juzgaréis de todo lo demás, creed que pago con el mismo ardor lo que debo y seré igualmente exacto en pagaros la injuria que el beneficio. No quiero obligaros aquí a explicar vuestros sentimientos, y os concedo la libertad de pensar despacio en las resoluciones que debáis adoptar. Conocéis lo bastante la magnitud de la ofensa que nos habéis inferido, y deseo que señaléis vos mismo las reparaciones que exige. Existen medios suaves para darnos satisfacción; los hay vehementes y sangrientos; más, en fin: sea cual fuere vuestra elección, me habéis prometido darme satisfacción por don Juan. Procurad dármela, os lo ruego, y acordaros de que fuera de aquí sólo soy ya deudor a mi honor.

DON JUAN: No os he exigido nada, y mantendré lo que os he prometido.

DON CARLOS: Vamos, hermano mío, un instante de esparcimiento no perjudica en modo alguno la severidad de nuestro deber.

Escena V: DON JUAN y SGANARELLE

DON JUAN: ¡Hola! ¡Eh, Sganarelle!

SGANARELLE (*Saliendo del sitio donde estaba escondido*): ¿Qué deseáis?

DON JUAN: ¡Cómo, bergante! ¡Huyes cuando me atacan!

SGANARELLE: Perdonadme, señor; vengo sólo de aquí cerca. Paréceme que este traje es purgativo y que es como tomar una medicina el llevarlo.

DON JUAN: ¡Mal haya sea el insolente! Oculta cuando menos tu cobardía bajo un velo más digno. ¿Sabes a quién he salvado la vida?

SGANARELLE: ¿Yo? No.

DON JUAN: Pues a un hermano de Elvira.

SGANARELLE: ¿A un...?

DON JUAN: Es un caballero bastante noble, se ha portado como tal y lamento tener desavenencias con él.

SGANARELLE: Os sería fácil arreglarlo todo.

DON JUAN: Sí; pero mi pasión por doña Elvira se ha extinguido, y los compromisos no se avienen con mi genio. Me gusta la libertad en amor, como sabes, y no podría decidirme a encerrar mi corazón entre cuatro paredes. Como ya te he dicho cien veces, siento una inclinación natural a dejarme llevar por todo lo que me atrae. Mi corazón pertenece a todas las beldades, ya ellas les corresponde adueñarse de él alternativamente y conservarlo hasta que puedan Mas ¿qué es ese soberbio edificio que veo entre aquellos árboles?

SGANARELLE: ¿No lo sabéis?

DON JUAN: No, en verdad.

SGANARELLE: Bien; pues es la sepultura que el comendador hacía levantar cuando le matasteis.

DON JUAN: ¡Ah, tienes razón! No sabía yo que estaba hacia ese lado. Todo el mundo me ha dicho maravillas de esa obra, así como de la estatua del comendador, y tengo deseos de ir a verla.

SGANARELLE: Señor, no vayáis allí.

DON JUAN: ¿Por qué?

SGANARELLE: No es cortés ir a ver a un hombre al que habéis matado.

DON JUAN: Al contrario, es una visita con la que quiero demostrarle mi cortesía, a la que él debe dispensar una buena acogida sois hombre galante. Vamos, entremos (*Se abre la tumba y se ve la ESTATUA DEL COMENDADOR*).

SGANARELLE: ¡Ah, qué hermoso es esto! ¡Qué bellas estatuas! ¡Qué bello mármol! ¡Qué bellos pilares! ¡Ah, qué bello es todo! ¿Qué os parece, señor?

DON JUAN: Que no puede ir más lejos la ambición de un difunto; y lo que encuentro admirable es que un hombre se conformó durante su vida entera con una morada bastante humilde, quisiera tener una tan magnífica cuando no le sirve ya de nada.

SGANARELLE: He aquí la estatua del comendador.

DON JUAN: ¡Pardiez! Sí que está bien con su túnica de emperador romano.

SGANARELLE: A fe mía, señor, está muy bien. Parece vivir y disponerse a hablar. Lanza sobre nosotros miradas que me causarían pavor si estuviera yo solo; y creo que no le complace veros.

DON JUAN: Haría mal, y sería acoger injustamente el honor que le hago Pregúntale si quiere cenar conmigo.

SGANARELLE: Creo que es cosa que él ya no necesita.

DON JUAN: Pregúntaselo, te digo.

SGANARELLE: ¿Os chanceáis? Sería estar loco ir a hablar a una estatua.

DON JUAN: Haz lo que te digo.

SGANARELLE: ¡Qué extravagancia! Señor comendador... (*Aparte*) Me río yo de mi necedad; pero es mi amo el que me la hace cometer (*Alto*) Señor comendador, ni amo, don Juan, os pregunta si queréis hacerle el honor de venir a cenar con él. (*La ESTATUA DEL COMENDADOR baja la cabeza*). ¡Ah!

DON JUAN: ¿Qué pasa? ¿Qué tienes? Dime. ¿Quieres hablar?

SGANARELLE (*Bajando la cabeza, como la ESTATUA DEL COMENDADOR*): La estatua.

DON JUAN: Bueno; ¿qué quieres decir, traidor?

SGANARELLE: Os digo que la estatua...

DON JUAN: ¡Sí! La estatua, ¿qué? Te acogoto si no hablas.

SGANARELLE: La estatua me ha hecho una seña.

DON JUAN: ¡Mal haya sea el bribón!

SGANARELLE: Me ha hecho una seña, os digo; no hay nada más cierto Habladle vos y veréis. Quizá...

DON JUAN: Ven, bergante, ven. Quiero demostrarte tu cobardía. Fíjate ¿Querría el señor comendador venir a cenar conmigo? (*La ESTATUA DEL COMENDADOR baja de nuevo la cabeza*).

SGANARELLE: No quisiera yo mantener eso ni por diez doblones. ¿Y ahora qué, señor?

DON JUAN: Vamos, marchémonos de aquí.

SGANARELLE: Esteos son los espíritus fuertes que no quieren creer nada.

ACTO CUARTO

Escena I: DON JUAN y SGANARELLE
La escena representa el aposento de DON JUAN.

DON JUAN (*A SGANARELLE*): Sea lo que fuere, dejemos esto: es una bagatela, y podemos haber sido engañados por un reflejo o sorprendidos por algún vapor que nos haya turbado la vista.

SGANARELLE: ¡Ah, señor! No intentéis desmentir lo que hemos visto con nuestros ojos. Nada hay más cierto que ese movimiento de cabeza; y es indudable que el cielo, escandalizado con vuestra vida, ha hecho ese milagro para convenceros y para que abandonéis...

DON JUAN: Escucha. Si continúas importunándome con tus necias moralidades; si me vuelves a decir la menor palabra sobre eso, llamaré a alguien, pediré un vergajo, haré que te sostengan entre tres o cuatro y te daré mil azotes. ¿Me has oído bien?

SGANARELLE: Muy bien, señor; inmejorablemente. Os explicáis con claridad; lo bueno que tenéis es que no empleáis rodeos: decís las cosas con una claridad admírale.

DON JUAN: Vamos, que me den de cenar lo antes posible. Una silla, mozuelo.

Escena II: DON JUAN, SGANARELLE y
LA VIOLETA

LA VIOLETA: Señor, aquí está vuestro mercader, el señor Domingo, que solicita hablaros.

SGANARELLE: Bueno. Esto nos faltaba. Cumplidos de acreedor. ¿Cómo se le ocurre venir a pediros dinero? ¿Por qué no le ha dicho que no estaba el señor?

LA VIOLETA: Hace tres cuartos de hora que se lo estoy diciendo; mas no quiere creerlo, y se ha sentado ahí dentro para esperar.

SGANARELLE: Pues que espere lo que quiera.

DON JUAN: No; al contrario, dejadle entrar. Es malísima política hacerse negar a los acreedores. Es conveniente pagarles con algo; y poseo el secreto de despedirlos satisfechos sin haberles dado una dobla.

Escena III: DON JUAN, SGANARELLE, SEÑOR DOMINGO, y criados

DON JUAN (*Con demostraciones exageradas de cortesía*): ¡Ah, señor Domingo, acercaos! ¡Cómo me encanta ceros, y qué mal han hecho mis servidores en no dejaros entrar antes! Había yo dado orden de que no pasar a nadie; mas esa orden no rezaba con vos, y tenéis derecho a encontrar las puertas siempre francas en mi casa.

DON DOMINGO: Señor, os estoy muy agradecido.

DON JUAN (*Dirigiéndose a LA VIOLETA y a RAGOTÍN*): ¡Pardiez, bergantes! ¡Ya os enseñaré a dejar al señor Domingo en la antecámara y a hacer que conozcáis a la gente!

DON DOMINGO: Señor, no tiene importancia.

DON JUAN (*A DON DOMINGO*): ¡Cómo! ¡Decir que yo no estaba al Señor Domingo, al mejor de mis amigos!

DON DOMINGO: Señor, soy vuestro servidor. Venía a...

DON JUAN: ¡Vamos, pronto, una silla para el señor Domingo!

DON DOMINGO: Señor, estoy bien así.

DON JUAN: Nada de eso, nada de eso; quiero que estéis sentado, como yo.

DON DOMINGO: No es necesario.

DON JUAN: Quitad esa silla de tijera y traed un sillón.

DON DOMINGO: Señor, ¿os chanceáis?...

DON JUAN: No, no; sé que os debo, y no quiero que se creen diferencias entre nosotros dos.

DON DOMINGO: Señor...

DON JUAN: Vamos, sentaos.

DON DOMINGO: No es necesario, señor; sólo tengo que deciros una palabra. Estaba...

DON JUAN: Poneos ahí, os digo.

DON DOMINGO: No, no, estoy bien. Vengo a...

DON JUAN: No; no os escucharé si no estáis sentado.

DON DOMINGO: Señor, haré lo que queráis. Yo...

DON JUAN: ¡Pardiez, señor Domingo, estáis perfectamente!

DON DOMINGO: Sí, señor; para serviros. He venido a...

DON JUAN: Tenéis una salud admirable, unos labios frescos, con cutis encarnado, y unos ojos llenos de vida.

DON DOMINGO: Quisiera...

DON JUAN: ¿Cómo está la Señora Domingo, vuestra esposa?

DON DOMINGO: Muy bien, señor, a Dios gracias.

DON JUAN: Es una excelente mujer DON

DOMINGO: Es vuestra servidora, Señor..., venía a...

DON JUAN: ¿Y vuestra hijita Claudina? ¿Cómo se encuentra?

DON DOMINGO: Inmejorablemente.

DON JUAN: ¡Qué niña más linda es! La quiero entrañablemente.

DON DOMINGO: Le hacéis demasiado honor, señor. Os iba a...

DON JUAN: ¿Y el pequeño Cloratio? ¿Sigue siempre armando ruido con su tambor?

DON DOMINGO: Siempre, señor. Pues yo...

DON JUAN: ¿Y vuestro perrito Brusquet? ¿Sigue ladrando tan fuerte y mordiendo con tantas ganas en las pantorrillas a las gentes que os visitan?

DON DOMINGO: Más que nunca, señor; no logramos dominarle.

DON JUAN: No os extrañe el que quiera yo saber noticias de toda vuestra familia, porque me inspira mucho interés.

DON DOMINGO: Os quedamos, señor, sumamente agradecidos. Yo...

DON JUAN (*Alargándole la mano*): Chocadla, señor Domingo. ¿Sois amigo mío?

DON DOMINGO: Señor, soy vuestro servidor.

DON JUAN: ¡Pardiez! Soy vuestro de todo corazón.

DON DOMINGO: Me honráis en demasía. Yo...

DON JUAN: No hay nada que no hiciera yo por vos.

DON DOMINGO: Señor, sois harto bondadoso conmigo.

DON JUAN: Y ello desinteresadamente, podéis creerlo.

DON DOMINGO: No merezco, seguramente, esa merced. Pero, señor...

DON JUAN: ¡Bah, señor Domingo! Con toda libertad: ¿Queréis cenar conmigo?

DON DOMINGO: No señor; tengo que regresar en seguida. Yo...

DON JUAN (*Levantándose*): Vamos, pronto, una antorcha para acompañar al Señor Domingo, y que cuatro o cinco servidores míos cojan unos mosquetones para escoltarle.

DON DOMINGO (*Levantándose también*): Señor, no es necesario, y me marcharé muy bien solo. Pero... (*SGANARELLE retira los sillones con celeridad*).

DON JUAN: ¿Cómo? Quiero que os escolten, pues me interesa demasiado vuestra persona. Soy vuestro servidor, y además, vuestro deudor.

DON DOMINGO: ¡Ah!, señor...

DON JUAN: Es cosa que no oculto: se lo digo a todo el mundo.

DON DOMINGO: Sí...

DON JUAN: ¿Queréis que os acompañe?

DON DOMINGO: ¡Ah, señor, os chanceáis! Señor...

DON JUAN: Abrazadme, si os place. Os ruego, una vez más, que tengáis la seguridad de que soy todo vuestro y que no hay nada en el mundo que no hiciera yo por serviros (*Vase*).

SGANARELLE: Hay que reconocer que

mi señor es un hombre que os quiere de verdad.

DON DOMINGO: Es cierto; me hace tantas cortesías y cumplidos, que no podría pedirle el dinero.

SGANARELLE: Os aseguro que su casa entera moriría por vos; y quisiera yo que os sucediera algo, que se le ocurriese a alguien daros palos, para que vierais de qué modo...

DON DOMINGO: Lo creo; más, Sganarelle, os ruego que le digáis algo de mi dinero.

SGANARELLE: ¡Oh, no os preocupéis! Os pagará con el mayor gusto.

DON DOMINGO: Pero vos, Sganarelle, vos me debéis algo por vuestra parte.

SGANARELLE: ¡Bah! No habléis de eso.

DON DOMINGO: ¡Cómo! Yo...

SGANARELLE: ¿No sé muy bien que os debo?

DON DOMINGO: Si. Pero...

SGANARELLE: Vamos, señor Domingo; voy a alumbraros.

DON DOMINGO: Pero mi dinero...

SGANARELLE (*Cogiendo del brazo a DON DOMINGO*): ¿Os chanceáis?

DON DOMINGO: Yo quiero...

SGANARELLE (*Tirando de él*): ¡Vamos!

DON DOMINGO: Creo que...

SGANARELLE (*Empujándole hacia la puerta*): Bagatelas.

DON DOMINGO: Pero...

SGANARELLE (*Empujándole más*): ¡Bah!

DON DOMINGO: Yo...

SGANARELLE (*Sacándole por completo de escena*): ¡Bah! Os digo...

Escena IV: DON LUIS, DON JUAN, SGANARELLE y LA VIOLETA

LA VIOLETA: Señor, aquí está vuestro señor padre.

DON JUAN: ¡Ah, estoy arreglado! Sólo me faltaba esta visita para enfurecerme.

DON LUIS: Bien veo que os trastorno y que prescindiríais gustoso de mi llegada. A decir verdad, nos molestamos mutuamente de modo singular; y si os desagrada verme, también a mí me desagrada vuestra conducta. ¡Ay! ¡Cuán poco sabemos lo que hacemos al no dejar que el Cielo cuide de las cosas que necesitamos, al querer ser más prudentes que Él y al importunarle con nuestros ciegos deseos y nuestras peticiones irreflexivas! Deseé u hijo con ansia sin igual; lo pedí sin cesar con arrebatos increíbles, y este hijo que logré cansando al Cielo con mis súplicas es el pesar y el suplicio de esta vida misma, de la cual creía que iba a ser la alegría y el consuelo ¿Con qué ojos, en vuestro sentir creéis que puedo ver este cúmulo de acciones indignas, cuyo aspecto cuesta gran trabajo paliar a los ojos del mundo; esta serie continua de malvadas andanzas, que nos obligan en todo momento a cansar la bondad del soberano y que han agotado, para él, el mérito de mis servicios y el crédito de mis amigos? ¡Ah, qué bajeza la vuestra! ¿No os sonroja nada el merecer tan poco vuestra alcurnia? ¿Tenéis derecho, decidme, a envaneceros de ello? ¿Qué habéis hecho en el mundo para ser caballero? ¿Creéis que basta con llevar un hombre y unas armas, y que es para nosotros un timbre de gloria llevar una sangre noble, si vivimos afrentosamente? No, no; la estirpe no significa nada sin la virtud Por eso no participamos de la gloria de nuestros antepasados, sino en la medida en que procuramos parecernos a ellos; y el esplendor de sus acciones, que se difunde sobre nosotros, nos impone el compromiso de hacerles el mismo honor, de seguir las huellas que nos trazan y de que no degenere su virtud, si queremos ser considerados como verdaderos descendientes suyos. Así pues, vos descendéis en vano de los antepasados a quién debéis la vida; os niegan por su sangre, y todo cuanto han realizado de grande no os da ninguna ventaja; por el contrario, su lustre no recae sobre vos sino para deshonor vuestro, y su gloria es una antorcha que ilumina a los ojos de quienquiera la vergüenza de vuestras acciones. Sabed, en fin, que un caballero que vive en la maldad es un monstruo de la Naturaleza; que la virtud da el primer título de nobleza; que yo considero mucho menos el hombre con que se firma los actos que uno realiza, y que estimaría más al hijo de un ganapán que fuera hombre honrado que al hijo de un monarca que viviera como vos.

DON JUAN: Señor, si os sentaseis, estaríais mejor para hablar.

DON LUIS: No, insolente; y no quiero sentarme ni hablar más, y bien veo que todas mis palabras no hacen mella alguna en tu alma; más quiero que sepas, hijo indigno, que la ternura paterna ha llegado a su límite con tus acciones; que sabré, antes de lo que figuras, poner coto a tus desórdenes; prevenir, respecto a tí, el enojo del Cielo, y lavar, con tu castigo, la vergüenza de haberte dado la vida (*Vase*).

Escena V: DON JUAN y SGANARELLE

DON JUAN: (*Dirigiéndose a su padre, aunque este haya salido*): ¡Eh! ¡Moríos lo antes que podáis! Es lo mejor que os cabe hacer. Es preciso que a cada cual le llegue su vez, y me irrita ver unos padres que viven tanto como sus hijos (*Se sienta en un sillón*).

SGANARELLE: ¡Ah, señor, hacéis mal!

DON JUAN: (*Levantándose*) ¡Hago mal!

SGANARELLE (*Temblando*): Señor...

DON JUAN: ¡Hago mal!

SGANARELLE: Sí, señor; hacéis mal en tolerar lo que os ha dicho, y debierais haberle echado violentamente. ¿Hase visto nunca nada más impertinente? ¡Venir a amonestar a su hijo y a decirle que enmiende sus actos, que recuerde su alcurnia, que haga vida de hombre honrado y otras cien necedades por el estilo! ¿Puede tolerar esto un hombre como vos, que sabe cómo hay que vivir? Admiro vuestra paciencia; y de estar yo en vuestro lugar le hubiera mandado de paseo (*Bajo, aparte*) ¡Oh, maldita complacencia! ¿A qué me obligas?

DON JUAN: ¿Me servirán pronto la cena?

Escena VI: DON JUAN, DOÑA ELVIRA, RAGORÍN y SGANARELLE

RAGOTÍN: Señor, ahí está una dama velada que quiere hablaros.

DON JUAN: ¿Quién podrá ser?

SGANARELLE: Habrá que verlo.

DOÑA ELVIRA: No os sorprenda, don Juan, verme a esta hora y con este porte. Un motivo urgente me obliga a esta visita, y lo que tengo que deciros no admite dilación. No vengo aquí llena de ese enojo en que estallé hace poco y me veis muy distinta de lo que era esta mañana Ya no es aquella doña Elvira que hacía votos contra vos y cuya alma irritada profería únicamente amenazas y sólo respiraba venganza. El Cielo ha desterrado de mi alma todos esos indignos ardores que sentía yo por vos, todos esos transportes tumultuosos de una devoción criminal, todos esos vergonzosos arrebatos de un amor terreno grosero; y no ha dejado en mi corazón por vos más que una llama depurada de todo comercio sexual, una ternura muy santa, un amor despegado de todo, que no obra ni para sí propio y al que sólo inquieta vuestro interés.

DON JUAN (*Bajo, a SGANARELLE*): Paréceme que lloras.

SGANARELLE: Perdonadme.

DOÑA ELVIRA: Es ese perfecto y puro amor el que me trae aquí, para comunicaros un aviso del Cielo e intentar apartaros del abismo al que corréis. Sí, don Juan; conozco todos los desórdenes de vuestra vida, y ese mismo Cielo, que ha tocado mi corazón haciéndome ver los extravíos de mi conducta, me ha inspirado la idea de venir a veros y de deciros de su parte que vuestras ofensas han agotado su misericordia, que su cólera temible está pronta a caer sobre vos, que en vos está el evitarla con un rápido arrepentimiento y que tal vez no os quede ni un día siquiera para poder sustraeros de todas las desdichas. Por mi parte, no estoy ligada a vos por ningún lazo terreno. He desechado, gracias al Cielo, todos mis locos pensamientos; está decidida mi retirada al claustro, y sólo pido tener suficiente vida para poder expiar la culpa que cometí, y para merecer, con una austera penitencia, el perdón por la ceguera a que me llevaron los arrebatos de una pasión condenable. Más en ese retiro tendría sumo dolor si una persona a la que he querido tiernamente fuera un ejemplo funesto de la justicia divina; y será para mí una alegría indecible si puedo induciros a apartar de sobre vuestra cabeza el espantable golpe que os amenaza. Por favor, don Juan, concededme, como última gracia, ese dulce consuelo; no me neguéis vuestra salvación, que os pido con lágrimas; y si no os conmueve vuestro propio interés, que os conmuevan, al menos, mis súplicas, evitándome así el cruel pesar de veros condenado a suplicios eternos.

SGANARELLE (*Aparte*): ¡Pobre mujer!

DOÑA ELVIRA: Os he amado con la mayor ternura; nada en el mundo me fue tan querido como vos; por vos olvidé mis deberes; por lo hice todo, y la única recompensa que os pido es que enmendéis vuestra vida y que evitéis vuestra pérdida. Salvaos, os lo ruego, por amor a vos o por amor a mí. Una vez más, don Juan, os lo pido con lágrimas, y si no bastan las lágrimas de una persona a la que habéis amado, os emplazo a que lo hagáis por todo lo que sea más capaz de conmoveros.

SGANARELLE (*Aparte, mirando a DON JUAN*): ¡Corazón de tigre!

DOÑA ELVIRA: Me marcho después de este discurso, y esto es todo lo que tenía que deciros.

DON JUAN: Señora, es tarde; quedaos aquí. Se os alojará lo mejor posible.

DOÑA ELVIRA: No, don Juan; no me retengáis más.

DON JUAN: Señora, me complacerá que os quedéis, os lo aseguro.

DOÑA ELVIRA: No, os digo; no perdamos el tiempo en discursos superfluos. Dejadme marchar pronto, no insistáis en acompañarme, y pensad tan sólo en aprovechar mi advertencia.

Escena VII: DON JUAN, SGANARELLE

y criados

DON JUAN: ¿Sabes que he sentido aún cierta emoción por ella, que me ha producido satisfacción esa singular novedad y que su atavío descuidado, su aire lánguido y sus lágrimas han avivado en mí los restos de un fuego extinguido?

SGANARELLE: Es decir, que sus palabras no han producido ningún efecto en vos.

DON JUAN: La cena ¡Pronto!

SGANARELLE: Muy bien.

DON JUAN (*Sentándose a la mesa*): Sganarelle, hay que pensar, sin embargo, en enmendarse.

SGANARELLE: ¡Sin duda!

DON JUAN: Sí, a fe mía; hay que enmendarse. Veinte o treinta años más de esta vida, y luego penaremos en nosotros.

SGANARELLE: ¡Oh!

DON JUAN: ¿Qué decís a esto?

SGANARELLE: Nada. Aquí está la cena. (*Coge un pedazo de una de las fuentes que han traído y se lo mete en la boca*).

DON JUAN: Paréceme que tienes hinchado el carrillo. ¿Qué es eso? Habla, pues: ¿Qué tienes ahí?

SGANARELLE: Nada.

DON JUAN: Déjame ver ¡Pardiez! Es una fluxión que le ha salido sobre la mejilla. ¡Pronto, una lanceta para pinchar esto! El pobre muchacho no puede soportarlo, y ese absceso podrá ahogarle. Esperad; ved cómo estaba de maduro ¡Ah, bergante!

SGANARELLE: A fe mía, señor, quería

ver si vuestro cocinero había echado demasiada sal o demasiada pimienta.

DON JUAN: Vamos, colócate ahí y come. Tengo un encargo que hacerte cuando haya cenado. Tienes hambre, por lo que veo.

SGANARELLE (*Sentándose a la mesa*): Ya lo creo, señor. No he comido nada desde esta mañana. Probad esto; es lo mejor del mundo (*A RAGOTÍN, quién a medida que SGANARELLE se sirve algo en su plato, se lo quita aquel en cuanto vuelve la cabeza*) ¡Mi plato, mi plato! Des-pacito si os place. ¡Voto a sanes! ¡Qué hábil sois, compadre, en poner platos limpios! ¡Y vos La Violeta, qué oportunamente sabéis servir las bebidas! (*Mientras LA VIOLETA sirve de beber a SGANARELLE, RAGOTÍN le vuelve a quitar el plato*).

DON JUAN: ¿Quién puede llamar de esa manera?

SGANARELLE: ¿Quién diablos viene a perturbarnos durante nuestra cena?

DON JUAN: Quiero cenar tranquilo, por lo menos; que no pase nadie.

SGANARELLE: Dejadme hacer; iré yo mismo.

DON JUAN (*Viendo volver a SGANA-RELLE, que parece aterrado*): ¿Quién es? ¿Qué pasa?

SGANARELLE (*Bajando la cabeza como la ESTATUA DEL COMENDADOR*): Él... está ahí.

DON JUAN: Vayamos a ver, y así demostraré que nada puede inmutarme.

SGANARELLE: ¡Ah, pobre Sganarelle! ¿Dónde te esconderás?

Escena VIII: DON JUAN, la ESTATUA DEL COMENDADOR, SGANARELLE, LA VIOLETA y RAGOTÍN

DON JUAN (*A sus criados*): Un sillón y un cubierto, ¡de prisa! (*DON JUAN y la ESTATUA DEL COMENDADOR se sientan a la mesa. A SGANARELLE*): Vamos, ven a la mesa.

SGANARELLE: Señor, ya no tengo hambre.

DON JUAN: Ponte ahí, te digo. ¡De beber! A la salud del comendador Brinda tú, Sganarelle. Que le sirvan vino.

SGANARELLE: Señor, no tengo sed.

DON JUAN: Bebe y entona tu canción para festejar al comendador.

SGANARELLE: Estoy acatarrado, señor.

DON JUAN: No importa ¡Vamos! Y vosotros (*A los demás*) venid y acompañadle.

ESTATUA DEL COMENDADOR: Basta, don Juan. Os invito a cenar conmigo mañana. ¿Tendréis valor para hacerlo?

DON JUAN: Sí. Iré acompañado de Sganarelle solamente.

SGANARELLE: Os lo agradezco, señor, pero mañana es día de ayuno para mí.

DON JUAN (*A SGANARELLE*): Coge esa antorcha.

ESTATUA DEL COMENDADOR: No se necesita luz cuando le guía a uno el Cielo.

ACTO QUINTO

Escena I: DON LUIS, DON JUAN y SGANARELLE

La escena representa la campiña.

DON LUIS: ¡Cómo, hijo mío! ¿Será posible que la bondad divina haya atendido mis súplicas? ¿Es verdad lo que me decís? ¿No me engañáis con una falsa esperanza, y puedo confiar en la noticia sorprendente de esa conversión?

DON JUAN: Sí, aquí me veis, habiendo abjurado de todos mis errores. No soy el mismo de anoche, y el Cielo, de pronto, ha ocasionado en mí un cambio que va a sorprender a todo el mundo. Ha conmovido mi alma, devolviéndome la vista, y miro con horror la larga ceguera en que he vivido y los desórdenes criminales de la vida que he llevado Repaso en mi memoria todas las abominaciones y me asombra cómo el Cielo ha podido tolerarlas tan largo tiempo y no ha dejado caer veinte veces sobre mi cabeza los rayos de su temible justicia. Veo la misericordia que su bondad ha tenido conmigo no castigando mis crímenes, y aspiro a sacar el debido provecho de ello y a mostrar a los ojos del mundo mi repentino cambio de vida, reparando así el escándalo de mis pasadas acciones y esforzándome en lograr del Cielo una plena remisión. A eso voy a consagrarme; y os ruego, señor, que accedáis a coadyuvar a tal deseo y que ayudéis vos mismo a elegir una persona que me sirva de guía y bajo cuyo gobierno pueda yo caminar con seguridad por la senda en la que voy a entrar.

DON LUIS: ¡Ah, hijo mío! ¡Cuán fácilmente revive la ternura de un padre, y qué pronto se disipan las ofensas de un hijo ante la menor palabra de arrepentimiento! No me acuerdo ya de todos los disgustos que me disteis, y todo queda borrado con la palabra que acabo de escuchar No vuelvo en mí, lo confieso; vierto lágrimas de gozo; todos mis deseos se ven satisfechos, y no tengo nada que pedir al Cielo. Abrazadme, hijo mío, y persistid, os conjuro, a ello,, en tan loable pensamiento. Voy, por mi parte, ahora mismo a llevar la feliz nueva a vuestra madre, para compartir con ella los dulces transportes del éxtasis en que me hallo, y a dar gracias al Cielo por las santas determinaciones que se ha dignado inspiraos (*Vase*).

Escena II: DON JUAN y SGANARELLE

SGANARELLE: ¡Ah, señor, cuánta alegría siento al veros arrepentido! Hace largo tiempo que lo esperaba, y he aquí, merced al Cielo, todos mis deseos satisfechos.

DON JUAN: ¡Mal haya el necio!

SGANARELLE: ¿Cómo el necio?

DON JUAN: ¡Vaya! ¿Has tomado por cierto lo que acabo de decir y crees que mi boca estaba de acuerdo con mi corazón?

SGANARELLE: ¡Cómo! ¿No es...? ¿Vos no...? ¿Vuestro...? (*Aparte*) ¡Oh, qué hombre; qué hombre; qué hombre!

DON JUAN: No, no; no he cambiado; mis sentimiento siguen siendo los mismos.

SGANARELLE: ¿No os rendís ante la

pasmosa maravilla de esa estatua movible y parlante?

DON JUAN: Hay algo en eso que no comprendo; más, sea lo que fuere, eso no es capaz de convencer mi espíritu ni conmover mi alma; y si he dicho que quería enmendar mi conducta y hacer una vida ejemplar, es un propósito que he forjado por mera política, una estratagema útil, un gesto necesario a que quiero obligarme para contentar a un padre a quien necesito y ponerme a cubierto, por parte de los hombres, de cien enojosas aventuras que pudieran ocurrirme. Quiero confesarlo Sganarelle, y me agrada tener un testigo del fondo de mi alma y de los verdaderos motivos que me obligan a hacer las cosas.

SGANARELLE: ¡Cómo! ¿No creéis en

nada absolutamente y queréis, sin embargo, erigiros en hombre de bien?

DON JUAN: ¿Y por qué no? ¡Hay tantos como yo que se dedican a ese oficio y que utilizan la misma máscara para engañar al mundo!

SGANARELLE: ¡Ah, qué hombre, qué hombre!

DON JUAN: No existe vergüenza ahora en eso; la hipocresía es un vicio de moda, y todos los vicios de moda se consideran virtudes. El personaje «hombre de bien» es el mejor de todos los personajes que pueden representarse. Hoy en día la profesión de hipócrita posee ventajas maravillosas. Es un arte cuya impostura es siempre respetada, y aunque la descubran, no se atreven decir nada en contra de ella. Todos los demás vicios de los hombres está expuestos a censuras, y cada cual tiene libertad para hacerlos abiertamente; más la hipocresía es un vicio privilegiado que, con su mano, cierra la boca de todo el mundo y goza descansadamente de una soberana impunidad. Forma uno, a fuerza de muecas, una estrecha agrupación con todos los miembros del partido. Quien ofende a uno, los tiene a todos encima; e incluso aquellos que se sabe que obran de buena fe y que a todos les consta que están realmente convertidos, ésos, repito, son siempre víctimas de los otros; caen ingenuamente en el lazo de los hipócritas y apoyan ciegamente a los menos con sus actos ¡Cuántos, puedes creerme, conozco, que, por medio de esa estratagema, han enmendado hábilmente los desórdenes de su juventud y que, utilizando como escudo el manto de la religión, disfrutan, bajo esa vestidura respetada, la licencia para ser los hombres más perversos del mundo! Por mucho que se conozcan sus intrigas y lo que ellos son, no dejan por eso de tener crédito entre la gente, y cualquier inclinación de cabeza, un suspiro apenado y unos ojos en blanco compensan, ante el mundo, todo cuanto puedan hacer Bajo ese cobijo favorable quiero salvarme y tener mis asuntos en seguridad. No abandonaré mis gratas costumbres; más tendré buen cuidado en ocultarme y me divertiré sin ostentación. Pues si llegan a descubrirme, veré, sin moverme, cómo se ocupa esa partida de mis intereses, y ella me defenderá ante todo y contra todos. En fin, este será el verdadero medio de hacer impunemente todo cuanto quiera Me erigiré en censor de las acciones ajenas, juzgaré mal a todo el mundo y no tendré buena opinión más que de mí. No bien me hayan ofendido, por levemente que sea, no perdonaré nunca y conservaré, con toda suavidad, un odio irreconciliable. Me constituiré en vengador de los intereses divinos; y con ese pretexto cómodo perseguiré a mis enemigos, los acusaré de impiedad y sabré desencadenar contra ellos a unos fervientes indiscretos, quiénes, sin conocimiento de causa, los apostrofarán en público, llenándoles de injurias y condenándolos abiertamente con su autoridad privada. Así es como hay que aprovecharse de las flaquezas humanas, así debe acomodarse todo espíritu sabio a los vicios de su siglo.

SGANARELLE: ¡Oh, Cielo! ¿Qué oigo?

¡No os faltaba más que ser hipócrita para consumar totalmente vuestra ruina! Esto es el colmo de las abominaciones. Señor, esta última me desquicia y no puedo dejar de hablar. Haced conmigo lo que se os antoje; pegadme, moledme a golpes, matadme si queréis; necesito descargar mi corazón y, como fiel criado, deciros lo que debo. Sabed, señor, que tanto va el cántaro a la fuente, que al fin se rompe, y, como dice muy bien ese autor que no conozco, el hombre es, en este mundo, como el pájaro en la rama; la rama está ligada al árbol; quien se liga al árbol sigue buenos preceptos; los buenos preceptos valen más que las bellas palabras; las bellas palabras se hallan en la corte; en la corte están los cortesanos; los cortesanos siguen la moda; la moda dimana de la fantasía; la fantasía es una facultad del alma; el alma es lo que nos da la vida; la vida termina con la muerte; la muerte nos hace pensar en el cielo; el cielo está encima de la tierra; la tierra no es el mar; el mar está sujeto a borrascas; las borrascas atormentan a los navíos; los navíos requieren un buen piloto; un buen piloto tiene prudencia; la prudencia no está en los jóvenes; los jóvenes deben obediencia a los viejos; los viejos aman las riquezas; las riquezas hacen los ricos; los ricos no son pobres; los pobres tienen necesidad; la necesidad no tiene ley; quien no tiene ley vive como una bestia; y, por consiguiente, seréis condenado a todos los diablos.

DON JUAN: ¡Oh, qué bello razonamiento!

SGANARELLE: Después de todo, si no os rendís, peor para vos.

Escena III: DON CARLOS, DON JUAN y SGANARELLE

DON CARLOS: Don Juan, os encuentro oportunamente, y me complace hablaros aquí mejor que en vuestra morada para preguntaros vuestra decisión. Ya sabéis que esta cuestión me concierne y que me he encargado, en vuestra presencia, de este negocio. Por mi parte, no lo oculto, deseo fervientemente que las cosas se arreglen pacíficamente, y nada hay que yo no haga por inducir a vuestro espíritu a tomar ese camino y por veros confirmar públicamente a mi hermana el nombre de esposa.

DON JUAN (*Con tono hipócrita*): ¡Ay! Quisiera de todo corazón daros la satisfacción que anheláis; mas el Cielo se opone a ello terminantemente; ha inspirado a mi alma el deseo de cambiar de vida, y no tengo más pensamiento ahora que abandonar por completo todas las ataduras del mundo, desprenderme lo antes posible de toda clase de vanidades y corregir en lo sucesivo, con una austera conducta, todos los desórdenes criminales a que me ha llevado la fogosidad de una ciega juventud.

DON CARLOS: Ese deseo, don Juan, no me sorprende en modo alguno; y la compañía de una esposa legítima puede acomodaros muy bien con los pensamientos loables que el Cielo inspira.

DON JUAN: ¡Ay! Nada de eso. Es un propósito que ha adoptado vuestra propia hermana: ha decidido retirarse a un convento, y nos ha tocado a los dos a un mismo tiempo la gracia divina.

DON CARLOS: Su retiro no nos satisface, ya que podía imputarse al desprecio en que la tendríais a ella y a nuestra familia, y nuestro honor exige que viva con vos.

DON JUAN: Os aseguro que eso es imposible. Tenía yo, por mi parte, los mejores deseos del mundo, y he pedido consejo hoy mismo, incluso al Cielo, para ello; más, al consultarle, he oído una voz que me ha dicho que no debía pensar para nada en vuestra hermana y que, con ella, no obtendría, seguramente, mi salvación.

DON CARLOS: ¿Creéis, don Juan, que vais a deslumbrarnos con esas bellas disculpas?

DON JUAN: Obedezco la voz del Cielo.

DON CARLOS: ¡Cómo! ¿Queréis que me

dé por satisfecho con semejante discurso?

DON JUAN: El Cielo es quien lo quiere así.

DON CARLOS: ¿Habéis hecho salir a mi hermana de un convento para abandonarla después?

DON JUAN: El Cielo lo ordena de tal suerte.

DON CARLOS: ¿Vamos a soportar esa mancha en nuestra familia?

DON JUAN: Imputádselo al Cielo.

DON CARLOS: ¿Eh? ¡Cómo! ¡Siempre el Cielo!

DON JUAN: El Cielo lo quiere así.

DON CARLOS: Basta, don Juan; ya os entiendo. No es aquí dónde quiero interpelaros; el sitio no lo permite, mas dentro de poco sabré encontraros.

DON JUAN: Haced lo que queráis. Ya sabéis que no me falta corazón y que sé manejar mi espada como es debido. Pasaré, de aquí a un rato, por esa calleja apartada que lleva al gran convento; mas os declaro, por mi parte, que no soy yo quien quiere batirse: el Cielo me prohíbe pensar en eso, y si me atacáis, ya veremos lo que sucede.

DON CARLOS: Ya lo veremos, en efecto; ya lo veremos.

Escena IV: DON JUAN y SGANARELLE

SGANARELLE: Señor, ¿qué diablo de estilo empleáis? Esto es mucho peor que lo demás, y os prefería tal como erais antes. Confiaba siempre en vuestra salvación; mas ahora es cuando he perdido la esperanza, y creo que el Cielo, que os ha soportado hasta aquí, no podrá tolerar en absoluto esta última iniquidad.

DON JUAN: ¡Bah, bah! El Cielo no es tan riguroso como piensas; si cada vez que los hombres...

SGANARELLE: ¡Ah! Señor, es el cielo que habla, y es una opinión que él le da.

DON JUAN: Si el cielo me da una opinión, él debe hablar un poco más claramente, si quiere que lo entienda.

Escena V: DON JUAN, SGANARELLE y un ESPECTRO en forma de mujer velada

SGANARELLE (*Viendo al ESPECTRO*): ¡Ah, señor! Es el Cielo quien os habla y os envía un aviso.

DON JUAN: Si el Cielo me envía un aviso, tiene que hablar con más claridad si quiere que lo entienda.

ESPECTRO: Don Juan no tiene más que un instante para poder alcanzar la misericordia divina, y si no se arrepiente ahora, está decidida su condenación.

DON JUAN: ¿Cómo se atreve a proferir esas palabras? Creo conocer esa voz.

SGANARELLE: ¡Ah, señor! Es un espectro; lo reconozco por su andar.

DON JUAN: Espectro, fantasma o diablo,

quiero saber lo que es (*El ESPECTRO cambia de figura y representa a la MUERTE, con la guadaña en la mano*).

SGANARELLE: ¡Oh, Cielo! ¿No veis, señor, este cambio de figura?

DON JUAN: No, no; nada es capaz de causarme pavor, y quiero averiguar con mi espada si es un cuerpo o u espíritu (*El ESPECTRO se disipa al intentar DON JUAN acometerle*).

SGANARELLE: ¡Ah, señor! Rendíos ante tantas pruebas y entregaos prontamente al arrepentimiento.

DON JUAN: No, no; no se dirá, suceda lo que quiera, que soy capaz de arrepentirme. Vamos, sígueme.

Escena VI: La **ESTATUA DEL COMEN-DADOR, DON JUAN** y **SGANARELLE**

ESTATUA DEL COMENDADOR: Deteneos, don Juan. Me disteis palabra anoche de cenar conmigo.

DON JUAN: Sí. ¿Adónde hay que ir?

ESTATUA DEL COMENDADOR: Dadme la mano.

DON JUAN: Aquí está.

ESTATUA DEL COMENDADOR: Don Juan, la persistencia en el pecado acarrea una muerte funesta, y el perdón del Cielo que se rechaza abre camino a su fulminación.

DON JUAN: ¡Oh, cielos! ¿Qué siento? ¡Un fuego invisible me abrasa: no puedo ya soportarlo, y todo mi cuerpo es una ardiente hoguera! ¡Ah! (*Cae un rayo con estruendo entre relámpagos sobre DON JUAN. Ábrese la tierra y se lo traga, y brotan altas llamaradas del sitio por donde ha caído*).

SGANARELLE (*Solo*): ¡Ah, mi salario, mi salario! He aquí a todos ya satisfechos con su muerte. Cielo ofendido, leyes violadas, jóvenes seducidas, familias deshonradas, padres ultrajados, mujeres engañadas, maridos burlados: todo el mundo queda contento; el único desdichado soy yo. ¡Mi salario, mi salario, mi salario!

CAE EL TELÓN

Libros Mablaz

Narrativa — Relatos

/www.librosmablaz.com/